CHANG'AN
MEETS
ROME

编著 | 中央广播电视总台
中国国际电视总公司

从长安到罗马

第一季

五洲传播出版社

C O N T E N T S

目 录

- 代序 // XIII
- 序 // XVI

第一章 文明密码系列

1. 永恒之城 // 2
2. ABCD 与横竖撇捺 // 7
3. 君子与英雄 // 12
4. 我要飞得更高 // 18
5. 天人合一 // 23
6. 一张纸的西游记 // 28
7. 诗情长安画意罗马 // 33
8. 谁在书写历史 // 39
9. 人类的童年 // 44
10. 双城故事 // 49

第二章 社会生活系列

11 从家开始 // 56

12 奔腾岁月 // 61

13 一脚千年 // 65

14 顶级盛典 // 70

15 头等大事 // 74

16 生命的守望 // 79

17 浴场往事 // 84

18 对酒当歌 // 89

19 智慧的火种 // 94

20 敬授人时 // 99

第三章 千年艺苑系列

21 丝路上的音乐传奇 // 106

22 庙堂之声 // 113

23 传与承 // 118

24 戏台的魔力 // 123

25 一声一世 // 128

26 跃动的舞步 // 133

27 和谐的乐声 // 138

28 踏歌而行 // 143

29 高手在民间 // 147

30 寻找《图兰朵》// 152

第四章 丝路商贸系列

31 沟通中西的千年传奇 // 158

32 探秘天虫 // 163

33 古罗马的奢侈品 // 168

34 传丝之旅 // 173

35 买卖东西 // 178

36 管理的智慧 // 183

37 不同的钱 // 188

38 商业地产开发 // 193

39 丝路商人 // 198

40 丝路之舟 // 203

第五章 军事探寻系列

41 强者之路 // 210

42 长戈短剑 // 215

43 射手的时代 // 220

44 重装轻甲 // 225

45 攻守之道 // 230

46 战场与赛场 // 235

47 热血满腔 // 240

48 条条大道 // 245

49 军情速递 // 252

50 崛起之战 // 257

《从长安到罗马》专家谈 // 263

代 序

穿越古今丝路探寻
讲述文明交融互鉴

唐世鼎

很高兴我和我的同事从中国出发,飞越丝绸之路来到远隔万里的意大利,与大家相聚在美丽的罗马。刚才观看了《从长安到罗马》短片,有瞬间穿越千年之感。

纪录片是一个国家的相册,也是一种国际语言,具有再现历史、记录现实、启迪未来的功能,是传播文化交流,促进民心相通的重要载体桥梁。

2019年3月中国国家主席习近平成功访问意大利。由中央广播电视总台所属中国国际电视总公司,联合西安广播电视台、北京爱奇艺科技有限公司等推出的百集4K微纪录片《从长安到罗马》,是中意双方在"一带一路"框架下取得的首个影视合作成果,也是中意媒体精诚合作奉献给全球观众的一部佳作。

穿越古今寻根,致敬历史文化。中国和意大利同是历史悠久的文明古国,是东西方文明的杰出代表。对中国而言,丝绸之路是中国人最早了解世界、走向世界的窗口和通道,而丝绸之路的两端就是当时的两个世界大国——中国与罗马帝国。历时一年多,我们精心推出的纪录片《从长安到罗马》,

聚焦古都长安和古城罗马，从以往和现实比较与穿越中，回顾厚重的历史，讲述尘封的故事，对中意两国观众来说，是一次难得的文化寻根。

讲述丝路故事，诠释"丝路精神"。作为"丝绸之路电视国际合作共同体"成员间重点合作项目，我们把此片看作是诠释以和平合作、开放包容、互学互鉴、互利共赢为核心的"丝路精神"的重要契机，着力从形式和内容，寻求突破创新。全片分为10个主题，邀请7名当代中国知名学者与十余位意大利专家，围绕经贸交往、文化形态、社会生活、城市建筑、饮食起居等文明多个维度，跨越东西实地探寻，穿越时空深入对话，成为"一带一路"倡议提出以来，中意双方卓有成效的文化合作。我们坚持国际视角，精心打造文化产品，讲述丝路故事，弘扬丝路精神。并进一步放大合作成果，将该片译制为意大利语、英语等多种语言，在中国、意大利等亚洲、欧洲与非洲多国同步发行，带领全球更多的观众，走入中意两国文化交流的时空隧道，感受"一带一路"在当代国际社会所焕发出的巨大魅力。

深化彼此"中意"，推动文明互鉴。习近平主席2019年3月访问意大利前夕，在意大利《晚邮报》发表署名文章，倡议鼓励两国文化机构联合拍摄影视作品，为世界文明多样性和不同文化交流互鉴作出新贡献。今天，《从长安到罗马》在意大利落地发布，正是我们践行职责使命、推动文明交融互鉴的重要行动。两千多年前，古罗马诗人维吉尔和地理学家庞波尼乌斯多次提到"丝绸之国"，一部《马可·波罗游记》

在西方掀起了历史上第一次"中国热"……拍摄中，我们不断为中意自古以来的友好交往、文明交流所震撼与思考，怎样才能用镜头展现一个个片段，用电视语言述说一段段历史，让该片成为两国观众共同追捧的"中意"节目？为此，我们以精益求精的工匠精神，用心用情用力，反复打磨，力求呈现给大家一部全新的4K纪录精品。在拍摄中，我们得到了意大利国家电视台等各界朋友的真诚帮助与支持，在此表示衷心的感谢。

2019年恰逢新中国成立70周年，70年来中国发生了翻天覆地的历史性变化，一个更加开放的中国正敞开大门拥抱世界，欢迎大家到中国来！2019年也是中意建立全面战略合作伙伴关系15周年，2020年中意两国迎来建交50周年。意大利著名作家莫拉维亚写道："友谊不是偶然的选择，而是志同道合的结果。"面对未来广阔的市场空间和合作机遇，我们期待以此片为契机，开启新时代中意媒体友好合作的新征程，结出更加丰硕的果实！

唐世鼎

中国国际电视总公司 总裁

（节选自2019年7月18日在罗马举行的百集4K微纪录片《从长安到罗马》发布会上的讲话）

序

丝绸之路的终点站——罗马和长安

[意]阿德里亚诺·马达罗

经过几个世纪的努力,在位于古代世界两端的意大利和中国之间,道路逐渐形成,文明、文化、宗教往来其间。这两大文明沐浴了不同的阳光而各自走向成熟,吸纳了不同的思潮、不同种族的表达而获得独特启发,但在不知不觉中它们又互相寻找,沿着大篷车的路线邂逅相遇,互相比较,彼此渴慕。丝绸之路代表了地球上一端与另一端之间形成的广阔空间,文明、文化和宗教在其中求同存异。如果用一个不那么带文艺气息的现代术语来形容的话,那就是"全球化"。古代丝绸之路这条受到偏爱的路线,一路绿灯向前,这是因为人类本能地选择挑战孤独,突破限制,力求极致。一个字,敢!

至少在丝绸之路形成的七八个世纪之前,塞西亚人已经开启了商贸之路。在从中亚西北部向里海迁移的过程中,他们是第一批将丝绸带入西方的商人,而丝绸得到了古希腊人的青睐。这发生在罗马建城之前很久。那时,里海是已知世界的最边缘,而对在此之外的东方——太阳升起的地方,西方人一无所知。之后,波斯商人垄断了丝绸之路,罗马人企图通行却屡试无果。罗马人与帕提亚人之间激烈持久的战争也是为了争夺丝绸之路的控制权,为了那唯一的目标——丝绸。可惜一切皆是徒劳。甚至早在公元前1世纪,汉人也尝试过前往罗马帝国,但是同样无果。帕提亚人小心地控守着丝绸之路,力求不落旁人之手,于是这条神秘之路又绵延百年,继续连接着世界两端——从黄河谷到地中海。

要不是为了丝绸,罗马人绝不可能一直惦记着这条神秘之路。

为了采购香料，尤其是胡椒，罗马人已经成功地开通了前往印度的航线，途中未遇阻拦。罗马人通过帕提亚人而接触到丝绸，到达中国最保险、距离最短的路线无疑便是陆路。对此，中国古代历史学家给我们留下了确凿的文献。阅读相关文献，我们可以得知，罗马的问题在于无法直接购买生丝，因为他们想自己制造织物。而帕提亚人却不卖纱线给罗马人，而是出售他们自己生产的织物，通过这种方式来提高商品价格，获得更多利益。因此，不难想象他们为何极力反对罗马与原材料生产地——汉王朝直接接触。另外，罗马人并不明白丝绸是种什么产品，他们没想到丝是由蚕吐出来的，而以为它是由某种树叶的绒毛制成的植物纱。

从中国历史学家那里，我们还了解到帕提亚人如此小心提防的原因：他们不如罗马人善于加工织物，担心一旦罗马人能直接从原产地购买生丝，就不再从帕提亚购买丝织品，他们便丢掉了这些"客户"。当时历史学家的记载中，我们知道罗马人"非常渴望能从中国直接购买生丝，因为罗马人非常善于加工丝绸，他们在染色方面也更强，染出的颜色更鲜艳绚丽。因此，他们更希望能从原产地购买丝绸，用自己的方式生产织物，而不是从帕提亚人或者里海附近其他民族那里购买丝绸成品。"

罗马与帕提亚帝国几百年来的战争都是由丝绸引起的，罗马人始终想要在丝绸之路上自由通行，进而前往汉王朝。在多年的战事里，罗马最惨烈的一次败仗是发生在公元前53年的卡莱战役，罗马军团的将领克拉苏在这场战役中殉难。

丝绸之路也因这些两千多年前的往事而显得愈加神秘，它的传奇与遥遥千里之路程、人与自然所增添的磨难交织在一起。但不管怎样，文明已经沿着这条路启程，最终任何军事力量都无法阻止。与通过武力人为阻隔相反，在随后的很长一段时间里，所有跨越欧亚的地区都有意保障丝绸之路的安全并持续开拓其路线。由此，丝绸之路存在了将近15个世纪，直到它不再拥有商业优势，而海路变得更加安全。

但无论如何，历史已经赋予了它足够的传奇色彩——丝绸之路开拓之初的宏伟磅礴气势传承了下来。从一开始，丝绸之路就代表着人类打破蒙昧、恐惧、未知和孤立无援状态的意志。空间上的连接演变成时空上的对话，那便是人类交流的愿望。没有什么能够阻止人们走上丝绸之路的坚定信念。帕提亚人和罗马人之间的战争终将结束。与丝绸之路所展现的宏大视野相比，死守边界的理念也终将会被时代淘汰。

其实，罗马人早已想到开辟一条位于更北方位的新路来克服重重障碍。他们本想从达契亚（今天的罗马尼亚）出发，穿越现在的俄罗斯和哈萨克斯坦，从新疆的高原牧场进入中国。这是个好主意，但是由于蛮人入侵迫在眉睫，罗马的军事战略家们认为应该联合军力，保卫受到威胁的帝国，因此寻找新路的计划被迫终止。也许罗马人设想的那条新路将会使他们大获成功：新路将缩短行路时间，并消除绵延的山脉和无尽的沙漠所带来的大部分危险。那条新的"罗马丝绸之路"本可以是一条"更直接"的路线，经库车、吐鲁番和敦煌，连接北方商队的线路枢纽，更快地到达甘肃走廊，继而到达黄河，最后抵达长安。

"长安"！这个神奇的词照亮了车夫的脸庞。充满传奇故事的富饶之都长安——四面城墙拱卫的大都市、世界的中心，混居着各色人种，充满冒险精神，也弥漫着贪婪的气息。人们从这里开始了通往遥远地中海沿岸的伟大旅程。来来往往的商队汇集在西门内西市的大广场上，熙熙攘攘的商人和冒险家在众多等待出发、温顺驯良的骆驼间扎营。在他们面前展开的是未知而野蛮的"西域之地"，在那儿可能埋伏着心思叵测、无法无天之徒，散布着大自然的重重阻碍，这使得他们须花上数月甚至数年时间勇敢地前进，始终朝着日落的方向才能到达目的地。

商队出发了，他们将命运交给上苍，或更简单地交给某颗幸运星。那些从中国内陆出发前往西域的人，面对未知的太阳落山之地往往感慨万千，唐朝诗人王维唱出了他们的心声：

劝君更尽一杯酒，西出阳关无故人。

长安先后成为汉代和唐代的首都。在唐朝，长安是当时世界上最大的城市，也是最具国际性的城市。长安，作为丝绸之路的起点站和终点站，在近一千年的历史岁月中是最令东西方商人们垂涎的目的地、美食之地，是对那些成功克服上万公里路途的阻隔、翻越沙漠、山川、牧场和大草原，穿过广阔而荒凉土地的人们的褒奖，因为他们为到达这里至少要花上三年的时间。

东方之龙在其雄心勃勃的壮思中，想象罗马帝国是"伟大的西方中国"：西部荒芜的沙漠和不可翻越的山脉，这些其实是东方帝国版图的写照，是中央之国（中国）沿着其文明的摇篮——黄河流域出发而建立的想象图景。

而在世界的另一端，鹰之帝国罗马对东方的塞里斯国（拉丁文，意为丝国）有更为准确和客观的认识，那里出产神秘的丝绸并在罗马按等量黄金的高价出售，极具商业价值。

尽管几个世纪以来两大帝国相互寻找以求相遇，但这古代世界的两大文明之国却未曾真正见面。在向东方进军时，尽管丝绸在不断地召唤，罗马军团却始终没能越过美索不达米亚平原。而另一端的中国，也从未进军以抵达地中海神话般的海岸。罗马出产的玻璃令中国着迷，但这没能成为她向西方发起征战的理由。古往今来，东方帝国更注重自我传承。而在遥远的西方，人们对中国文学或者对形而上学也很有兴趣，他们想要接近她，很多时候并非出于实际的政治或商业需要。

总之，罗马和长安在很长一段时间里都被公认为是两个文明的终点站——西方的罗马帝国和东方的中华帝国。两千年后，地球上的这两个端点仍然代表着人类文明的两个终点，代表着两种不同思想文明的邂逅相遇、相互理解、相互尊重。今天，我们携手建立崭新的友谊，翘首期盼两个文明的象征——罗马鹰和中国龙真正相遇。

第一章

文明密码系列

讲述人 蒙曼

蒙曼，现任全国妇联副主席（兼）、中央民族大学历史文化学院教授，硕士生导师，中国古代史硕导组长。主要研究领域为隋唐五代史及中国古代女性史。自2007年以来，5次登上央视《百家讲坛》，主讲《武则天》《太平公主》《长恨歌》等。

1 永恒之城

罗马被誉为永恒之城，走进它，就像不小心钻进了时空隧道，随便哪一个转角，都可能与千年的历史相遇，这种穿越感异常奇妙。著名的古罗马广场就像一个巨大的露天博物馆，裸露着古罗马辉煌的历史。两千多年前，这里曾经是西方世界最荣耀的地方，如今，那些宏伟的皇宫、庄严的神殿，只剩下这些断壁残垣。看着这片废墟，我不禁想问：古罗马帝国早已经灭亡，我们真的还能在这些遗迹之中寻找到永恒的罗马吗？

古罗马广场遗址

同样，今天的西安也交织在古老和现代之间，那么，我们还能看到当年的长安在鼎盛时期的辉煌吗？大明宫含元殿是大唐王朝（618—907）的权力中心，十七位皇帝曾经在这里办公。当年的文武百官、各国使节，就是从前面的丹凤门鱼贯而入。九

第一章 | 文明密码系列

大明宫遗址

天闿阖开宫殿，万国衣冠拜冕旒。大唐盛世就是这么气象万千。一千多年过去了，千宫万殿早已化作尘土，如今，这里只剩下一片巨大的夯土地基。我是研究唐史的人，触摸着大明宫这一方夯土，心中确实感慨万千。物质的辉煌终将归于泥土，那么，长安的永恒又藏在哪里呢？

为了追求永恒，古罗马帝国的统治者们选用最坚固的石材，把罗马建成了一座固若金汤的石头王国。不仅如此，他们还将罗马城称为永恒女神，希望借助神力，继续帝国千秋万代的辉煌。遗憾的是，石头和女神并没有能够保佑古罗马，战争最终摧毁了这座千年帝国。然而我发现，虽然罗马帝国已经灭亡了，但古罗马文明中那些有着顽强

🐫 长安

长安是中国古代都城,也是今陕西省省会西安的古称,意为"长治久安"。长安位于西北部的关中平原,从西周(前1046—前771)时期开始,先后有21个王朝和政权在这里建都,因此,长安一直被称作十三朝古都。在建都长安的诸多朝代中,周、秦、汉朝、隋朝和唐朝都是中国历史上的强盛时代,因此,古代的长安十分繁荣,随着对外贸易的兴盛,长安已经成为国际性大都市。丝绸之路开通之后,长安更是成为东方文明的中心。今天的西安是陕西省政治、经济和文化的中心,是中国西部的主要城市。

罗马

罗马是意大利首都,因建城历史悠久而被称为"永恒之城"。如今,这里依然保留了很多历史遗迹与文化遗产。罗马位于地中海中部平原,公元前8世纪前后建城。公元前5世纪至前3世纪,罗马征服地中海东西部地区,建成古代最大的奴隶制帝国。此后的近千年间,罗马一直是欧洲最大的城市,繁盛时期人口超过百万。随着商业的繁荣,古代丝绸之路也随着商人的脚步延伸到这里,罗马由此成为丝绸之路的终点。现在的罗马是意大利第一大城,是全国政治、经济、文化和交通中心。

生命力的文化基因却并没有消失,而且至今仍然活在意大利人的建筑、法律、文学乃至生活细节中,深刻地影响着整个西方世界。

在地球的东方,中国的皇帝同样渴望万岁、万岁、万万岁,但他们并没有选择用石头盖宫殿,而是用最坚固的石头刻下了无形的思想。那些刻在石碑上的文字转化成了中国人世代相承的传统。在一脉相承的儒家思想中,在独领风骚的唐诗宋词里,甚至在你习以为常的生活细节中,那些无形的文化基因早已渗透在我们的衣食住行中,不经意间就会端到我们面前,就像我们熟悉的这碗馄饨。

馄饨是从大唐穿越而来的美味。在唐朝,馄饨是一种非常有名的早点,当时的长安城还有一个胡同就叫馄饨曲。你能想到吗?相隔千年,我们跟古人吃的是同样的馄饨。

  永恒,可以小到一顿早餐,小到一只放飞的风筝。在唐朝,放风筝曾经是风靡一时的活动,无论是宫里的妃子,还是民间的小朋友,都喜欢这个活动。每到风和日丽的时候,大唐长安的天空也跟今天一样,风筝满天飞。

  我们和古人共享着同一片天空。文明就像这些飞舞的风筝,而那根传承的线,其实就握在我们每一个人手中。别以为古代文明与我们无关,其实,那些久远的文明早已长在每个人的身上,刻在每个人的心里,流淌在每个人的血液之中。我将带着一颗好奇心,开启一段从长安到罗马的文明之旅,用一双发现的眼睛,去寻找那些隐藏在我们身边的文明密码。

2 ABCD 与横竖撇捺

罗马是个迷人的城市，古典、热情，充满浪漫的氛围，是西方文明的殿堂。我是一个好静的人，经常一天也走不了几百步，但是为了寻找这座城市的文明密码，我几乎每天都要行走三万多步。

什么是文明密码呢？我最先想到的就是文字。古罗马的官方文字是拉丁文。我们今天熟悉的英文字母，其实都是拉丁字母。博物馆里那些刻在石头上的文字，是古罗马的官方文字——拉丁文。看起来似乎很熟悉，好像每一个字母我们都认识，但是连起来是什么意思呢？不仅我们不知道，今天的意大利人，如果没有受过专业训练，也不知道。这可以说是人们最熟悉的陌生文字。拉丁文起源于意大利半岛中部的拉丁部族。在罗马帝国最强盛的时候，它曾经是统治全欧洲的官方语言，而今，它却成了博物馆墙上的文物。在感慨之余，我对它的命运也充满好奇。

西安的石碑，可以说是汉字的"数据库"。在这里，我们能够清晰地感觉到中国五千年没有间断的文字沿革。为了证实我的这种感受，我特地找来一本今天在很多人的书架上都能找到的现代版的《论语》。把古代石碑上的文字与

现代版书籍的文字对比一下就可以看到，历经千年，文字并没有改变，中华文明就是这样一字一句传承下来的。

长安与罗马，创造了人类文明史上最有特色的两种文字。但是，为什么一个已经进入了博物馆，另一个却依然活跃在我们的生活中呢？

在历史中，我找到了答案。拉丁文的命运是与罗马帝国的兴衰紧密相连的。公元 395 年，罗马帝国分裂为东西两部分。在东罗马，希腊文很快就取代了拉丁文，而西罗马在被日耳曼人攻陷之后，拉丁文也很快失去了生存的土壤。拉丁文不再通用，但拉丁字母却活了下来，并且悄悄地孕育了英文、法文、西班牙文等等西方国家的文字。意大利驻广州总领事馆总领事白露茜（Lucia Pasqualini）说："拉丁文是意大利文的妈妈，拉丁文在很多其他语言都有应用。在很多其他语言，甚至在英文中还能找到踪迹，现在，拉丁文还可以完好地让我们表述科学名词。"

与字母演化而来的拉丁文相比，从象形发展而来的汉字传承能力更强一些。每一个由"横竖撇捺"构成的方块字都有一个独立的意思，也有一个独立的生命，不过，你也别以为中国的文字自古就是我们现在看到的这个样子。在战国时期，如同当时混乱的政局一样，一个"马"字就有多种多样的写法。汉字能够穿越千年沿用至今，我们不得不感谢一个人——秦始皇。

公元前 219 年，秦始皇统一天下，宣示武功，让李斯刻下了一块石碑，这就是大名鼎鼎的峄山刻石。秦始皇不仅统一了中国，还统一了文字。

峄山刻石小篆

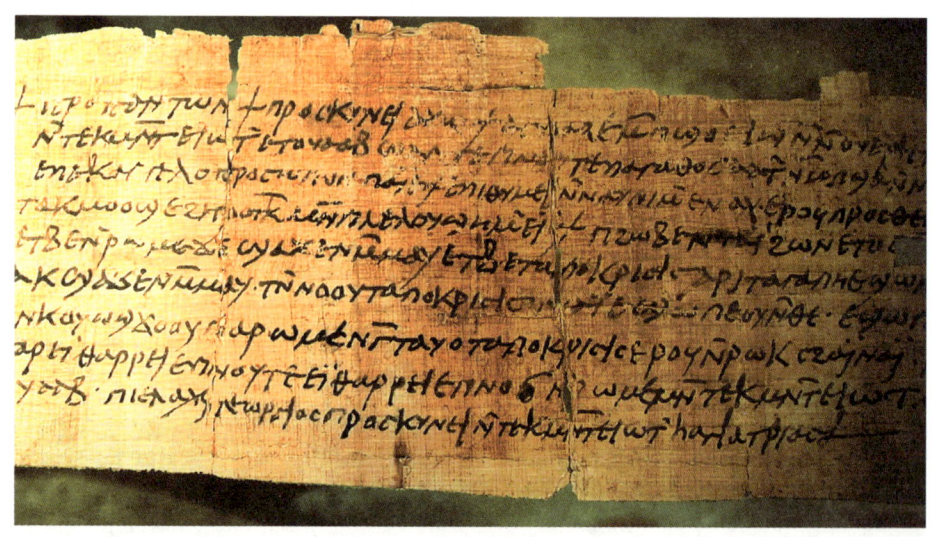

🐫 拉丁文

拉丁文原为意大利中部拉提姆地区的方言，随着发源于此地的罗马帝国势力的扩张，拉丁文广泛流传于帝国境内，公元前5世纪初成为罗马帝国的官方语言。在基督教流行于欧洲之后，拉丁文的影响力随之扩大，在欧洲成为通用语言。在中世纪，拉丁文是教会的官方语言，也是研究科学、哲学与神学必备的语言。20世纪之后，拉丁文的应用逐渐衰落，但很多学术词汇或生物分类的命名等依然在使用拉丁文。

汉字

汉字是汉语的记录符号，是世界上最古老的文字之一，已有六千多年的历史。汉字起源于记事的象形性图画，象形字是汉字体系得以形成和发展的基础。汉字在形体上由图形变为笔画，象形变为象征，历经甲骨文、金文、篆书、隶书、楷书、草书、行书等阶段，经历了漫长的演变历程。汉字是上古时期各大文字体系中唯一传承至今的文字。

石碑上的"皇帝立国"记录了秦始皇统一中国的功绩，而秦小篆的确立也为中国文字后来的统一和发展奠定了最坚实的基础。书同文，车同轨，行同伦。统一的力量使汉字直到今天还跟我们生活在一起。优雅的中国人又在这个基础上衍化出不同的书写方式，创造了世界上独一无二的书法艺术，这使得汉字拥有了更加神奇的生命力。它就像中国人共同的胎记，将多民族的中国紧紧地凝聚在一起。而拉丁文每一个灵动的字母，也像一颗颗蒲公英的种子，植根于人类文明交融、繁衍的沃土之中。

3 君子与英雄

为什么我们如此不同？徜徉在罗马街头，我不由自主地会想到这个问题。为什么罗马人的性格自由奔放，而我们则普遍内敛谦恭？为什么他们崇拜威武的英雄，而我们则更欣赏儒雅的君子呢？

西安关中书院有一座至圣先师孔子的雕像。孔子是儒家学说的创始人，同时，孔子也是中国第一位老师。我们都知道，儒家教育思想的核心就是把人培养成君子，问题是君子到底是一种什么样的形象呢？让我们一起来问问孔子吧。"子曰：君子和而不同。""君子"一词在《论语》中出现过107次，内涵非常丰富。概括地说，君子就是要以仁爱之心为本，恪守"仁、义、礼、智、信"的人生准则，完成"修身、齐家、治国、平天下"的人

第一章 | 文明密码系列

生修养。几千年来,我们将这种君子形象设定为中国人最理想的人格。有趣的是,君子要"敏于事而慎于言",就是要少说话多做事,这和古代罗马人对英雄的要求大为不同。

在古罗马的辉煌时代,每个城市,每个广场,都要搭建一处高台。这是罗马人特意为他们的英雄准备的。"英雄"一词在拉丁文中的词义是"保护者"。英雄必须拥有超凡的能力和领袖的品质,是智慧和

力量的化身。在罗马,有一座大名鼎鼎的演讲台,虽然它现在看起来毫不起眼,但是,当年那些叱咤风云的政治人物,就是在这里发表慷慨激昂的演说的。演讲又称雄辩术,是西方教育的一大特色。古罗马历史上的英雄人物和

领袖,几乎个个都是出色的演讲家。罗马人认为,演讲需要高超的逻辑思维能力,能清晰地表达自己的思想和政见,是英雄必备的素质。所以,演讲术很早就被列入到古罗马的教育体系之中。除了拥有智慧,英雄还必须具备强健的体魄。所以,古罗马在教育中非常重视格斗训练,通过激烈的对抗训练人们的胆量、勇气和体能。西方人相信,能力越大,责任越大,要扛起保卫国家和民族的重任,必须成为文武双全的强者。

很多人以为中国的君子都是文弱书生,其实不然。在古代,习武也是儒家的传统。射艺是儒家教育中必备的技能,孔子本人就有很高的武功。真正的君子出将入相,文能执笔定乾坤,武能上马安天下。文武双全,德才兼备,这才是真君子。但无论文治还是武功,君子所学所做的一切,都是为了达成心中高远的志向。那么,君子的志向到

孔子

孔子（前551－前479），名丘，字仲尼，是中国古代思想家、教育家，儒家学派创始人。孔子思想的核心内容是"礼"与"仁"。仁说体现了人道精神，礼说则体现了礼制精神，即秩序和制度，这种思想对后世中国的政治、道德、教育等都有深远的影响。孔子去世后，后人将孔子及其弟子的言行编成《论语》。这本书集中体现了孔子的政治主张、伦理思想、道德观念及教育原则等，被奉为儒家经典。

雄辩术

雄辩术在西方有着悠久的历史。在古希腊和古罗马时代，雄辩在社会生活中具有重要作用，它不仅仅是在政治和法律上击败对手的有力武器，也是衡量上层人士文化修养的标志。古希腊人创造的文法、修辞、辩证法、音乐、天文、数学、几何课程，一直被看作是雄辩家的必修课。到了古罗马时代，培养雄辩家是教育的主要目标。

底是什么呢？北宋思想家张载先生提出的"四为"，即为天地立心、为生民立命、为往圣继绝学、为万世开太平，这就是中国的君子人格。儒家的君子是大的君子。天地是君子需要关心的，老百姓也是君子需要关心的。为往圣继绝学，是说君子要关心过去；为万世开太平，是说君子要关心未来。可以说，天地万物，古往今来，全都包含在了儒家的心胸之中。

大道之行，天下为公。无论君子还是英雄，东西方教育外别而内同，终极目标都是要培养文韬武略、德才兼备的人，在成就自己的同时，胸怀天下，福泽苍生。

4 我要飞得更高

全世界的人都知道,龙这只起源复杂的神兽是中国人的精神象征,而胜利之鹰则一直翱翔在古罗马的天空中。从这两只会飞的神兽身上,我们又能解读出怎样的奥秘呢?

罗马刚刚诞生的时候,并不崇拜鹰,而是崇拜狼。意大利卡比托利欧博物馆里,有一座母狼乳婴的青铜像。这尊雕塑是意大利的国宝,它讲述了罗马建城的故事。传说,这两个狼孩本来是特洛伊人的后裔,阿尔巴王国的继承人,却在出生不久就被篡权者扔进了台伯河里,幸而被这只母狼救起。母狼哺育了他们。兄弟俩长大后夺回王权,并在台伯河边创建了现在的罗马城。虽然这个故事只是个传说,但罗马人至今依然亲切地称这只母狼为狼妈妈。可是,为什么喝着狼奶长大的古罗马人没有选择狼作为他们的象征,却选择了鹰呢?

在陕西历史博物馆里,有一件跟狼妈妈同一个时代的青铜雕塑。你一定想象不到,这居然是秦国时期的龙。这只秦朝的龙非常大。作为帝国开基的秦朝,一切器物都崇尚力量,龙也不例外。虽然这两只龙还算威武庄严,但这个形象仍然和我们心中熟悉的龙差别很大。中国龙的形象一直在变化。秦朝时期,龙的造型像蛇一样,身上有鱼鳞,头部不夸张,有爬行动物的感觉。真的很难想象,我们的神龙早期是趴在地上的。那么,龙是从什么时候开始腾飞的呢?

第一章 文明密码系列

🐫 母狼乳婴

《母狼乳婴》青铜像被认为是罗马建城神话的缩影。传说古时的国王努米托雷被其胞弟篡位驱逐，国王女儿与战神结合生下的一对孪生兄弟也被抛入台伯河。一只母狼救起了落水的婴儿，并用乳汁哺育了他们。两兄弟长大后复仇，让外祖父重登王位。兄弟俩在台伯河畔建立了一座新城，哥哥用自己的名字将这座城市命名为罗马。这件事据说发生在公元前753年4月21日，这一天被定为罗马建城日，"母狼乳婴"也被定为罗马的城徽。

为了更准确地了解古罗马的"胜利之鹰"，我特地拜访了意大利艺术评论家桂多·巴罗择提。他兴致勃勃地把我带到了罗马著名的共和国广场。桂多说："你看一下这些环绕在广场柱子上的鹰。鹰是罗马最重要的象征。罗马帝国，罗马的权力机构、军队、政治，

19

都以鹰来象征。因为鹰是飞鸟中最具力量的、最强壮的,比所有的生物都飞得更高。"听着桂多的介绍,我对古罗马的鹰有了全新的理解。古罗马弱小的时候需要狼的庇护,但喝着狼奶长大的孩子充满血性,逐渐有了征服世界的雄心。鹰是天空之王,拥有更为广阔的视野和更为强大的力量,而且在神话中,它还是众神之王朱庇特的传令鸟,于是,在公元前102年,鹰正式成为古罗马共和国的标志,并且被指定为古罗马军团的象征。自此,鹰旗伴随着古罗马帝国,征服了半个地球。

龙

龙是古代传说中的一种神异动物,为鳞虫之长,司掌行云布雨,常用来象征祥瑞。中国的龙是华夏崇奉的图腾神,其形象包含着多种动物元素。在几千年的历史进程中,龙的形象已经成为一种文化符号。

秦代青铜龙 陕西历史博物馆

从秦朝到唐朝，龙已经有了翻天覆地的变化。唐朝的龙非常矫健，而且越来越具有飞腾之势。其实，随着国力的增强，中国的龙从汉朝开始，就逐渐演变成能够腾云驾雾、一飞冲天的神兽了。汉代的画像砖上，常能看到有翅的应龙形象，唐朝的龙则雍容华贵、矫健飞腾，彰显着大国的文化自信。从龙的演变中，我们可以清晰地看到中华民族发展奋斗的历程。这个传说由轩辕黄帝

汉代画像砖上龙的形象

鎏金铁芯铜龙 唐代 陕西历史博物馆

创造出来的虚构形象,不断地被赋予各种神力,寄予各种希望。它见证和激励着中华民族一步步走向繁荣富强的伟大历程。

　　和龙与鹰的这次心灵对话,让我读懂了两个民族的内心世界。这两个会飞的神兽,寄托着东西方两个民族想要飞得更高的光荣与梦想,见证着东西方两大文明的绚烂与辉煌。

第一章 | 文明密码系列

5 天人合一

你知道罗马的太阳有什么不同吗？我们每天使用的国际通用的公历就是罗马的太阳历，所以这轮太阳决定着整个世界的运转规律。

公元前45年1月1日，罗马共和国独裁官儒略·恺撒正式颁布了以自己名字命名的儒略历。儒略历是一部纯粹的阳历。地球绕太阳公转一周，约等于365.25天，为了方便计算，儒略历将一年定为365日，

每四年一闰，闰年366日。然后再设定一年分为12个月，大月31天，小月30天。可我们中国人一直很难理解，为什么2月通常只有短短的28天呢？

中国现在使用两套历法系统，一是国际通用的公历，也就是罗马历，另一套就是我们从古至今传承下来的农历。中国科学院国家授时中心研究员刘次沅介绍说，中国的历法是阴阳合历，通过月亮的圆缺来获得月和日，通过二十四节气来获得阳历，指导我们的农业。中国古代最经典的天文观测仪器就是浑仪。浑仪可以测量任何一个天体在天空中的位置。浑仪上的窥管相当于枪的瞄准器，可以瞄准任何一个天体。如果看到了一颗星，这颗星的经纬度就可以靠这一套系统把它确定下来。这简直就是古代的天文望远镜，功能太强大了。

中国人自古重视天人合一，我们的历法不仅要看太阳，看月亮，还要关照星象，而且结合了一些传统的阴阳五行方面的知识，堪称世界上最复杂的历法。在这套系统里，最有特色的要数二十四节气。二十四节气也是看太阳决定的。古人将地球绕太阳公转一周的运动轨迹划分为二十四等份，每运动15°就定一个节气，然后根据节气内相应的气候和物候变化指导农耕。对于我们这个农耕民族来说，这绝对是一项伟大的发明。

🐫 儒略历

公元前45年，罗马独裁官儒略·恺撒在数学家兼天文学家索西琴尼的帮助下颁发新历法，以取代罗马之前的历法，这一历法被称为"儒略历"。在16世纪以前，西方国家大多采用这种历法。儒略历是太阳历，以地球围绕太阳的运转周期为准则。现在全世界通用的公历，就是由儒略历演变而来的。

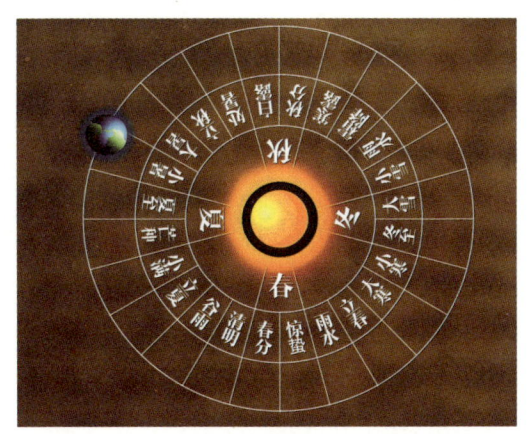

🐫 二十四节气

二十四节气是指二十四时节和气候，是中国古代用来指导农事的补充历法，形成于春秋战国时期（前770—前221）。包括表示四季开始的立春、立夏、立秋、立冬，反映温度变化的小暑、大暑、处暑、小寒、大寒，反映天气现象的雨水、谷雨、白露、寒露、霜降、小雪、大雪，反映物候现象的惊蛰、清明、小满、芒种。二十四节气将天文、农事、物候和民俗巧妙结合，今天仍具有实用价值，由此衍生出的岁时节令文化，已成为中国传统文化的重要组成部分。

　　古罗马属于海洋文明,它的历法并不复杂,力求简单实用。听说马西莫博物馆里还珍藏着一份儒略历的残片,我赶紧过来看看,馆长玛丽亚·罗格亲自带着我参观。她给我介绍,奥古斯都对儒略历做了进一步改革,日历里有了广告元素。从日历上,人们能够知道哪一天是某场战争的胜利日,哪一天是奥古斯都的生日。馆长告诉我,2月只有28天的原因跟恺撒的接班人奥古斯都有关。儒略历把12个月分成大月31天,小月30天,这样算下来,一年是366天,多了一天,于是,恺撒就从每年处决死刑犯的2月里减去一天。后来奥古斯都继位,他的生日在8月,他总觉得只有30天的"小月"和他的"大帝"身份不符,就又从2月拿走了一天,放在8月。于是,如今的2月就只剩下了可怜的28天。

古诗云:"清明时节雨纷纷。"正值清明的西安,春雨连绵,这不得不让我们赞叹二十四节气的精准。民间不仅流传着"清明前后种瓜点豆"的谚语,还在这个春意盎然的节气中融合了很多有情趣的民俗。唐朝时,清明节有一个非常重要的习俗叫插柳。当时有一个说法,叫作"清明不戴柳,红颜成皓首"。有谁会不希望自己青春永驻呢?中国的历法就是这样。谷雨时大家会去赏牡丹,端午时要包粽子祭屈原,中秋会吃月饼享团圆,春节更有全世界华人都盼望的过大年。一本老皇历就是一部中国的民俗史,精彩地演绎着五千年的华夏文明。而简单实用的罗马历法则穿越时空,让世界互联。

6 一张纸的西游记

书院门古文化一条街可以称得上是西安最有文化的一条街。据说在唐朝,每到科举考试之前,长安的纸就会涨价,因为考生们都要买纸抄书、备考。这说明纸在当时已经非常普及了,而且价格也不贵。

而在同一时期的罗马城,抄写一份《圣经》却要用掉300张羊皮。昂贵的书写材料使知识成为奢侈品,所以当时大多数的罗马人都是文盲。那么,纸是什么时候在西方普及的呢?它又是如何以不可思议的

力量推动了全人类文明的发展进程呢?

风景如画的小镇萨比科被意大利人誉为印刷之城。据说这里保留了意大利人最早的造纸术,我要去探访一下,看看它跟中国的造纸术有什么渊源。在萨比科造纸博物馆,我认真地察看了他们造纸的程序:先是把碎布捣烂,制成合适的纸浆,然后用一个小网帘在纸浆中滤取。纸浆中的纤维留在网帘上,形成一层薄薄的纸膜。这个过程跟中国的古法造纸几乎一模一样。

蔡伦

蔡伦出生于东汉中期。他一生中最大的贡献,就是总结以往人们的造纸经验,革新了造纸工艺。过去,人们都是把字刻在竹片上,或者用丝绸来写字。丝绸价格昂贵,而竹简又过于笨重。蔡伦采用树皮、破麻布等原料,制作出轻薄柔韧、价格低廉的纸。后来,蔡伦被封为"龙亭侯",用蔡伦的造纸法制作的纸张,也被称为"蔡侯纸"。蔡伦的造纸术被列为中国古代"四大发明"之一,对人类文化的传播做出了不可磨灭的贡献。

在西安近郊的北张村，至今依然传承着中国最古老的造纸术。两千年前，中国人用最不起眼的树皮、麻布、破渔网等没用的生活垃圾，发明了这种被叫做纸的纤维薄片。这种纸的神奇之处在于，它完全改变了原料的物理属性，变废为宝。在纸发明之前，我们只能把文字刻在兽骨、铜器和石头上。即使后来出现了绢帛和竹简，文化的传播依然太过昂贵和沉重。直到东汉的蔡伦将造纸术优化，并且大范围推广，轻便而又廉价的纸才迅速取代了以往所有的书写材料。文人们终于不用真的学富五车了。

中国造纸术的西传，先是由来自中国的战俘传到了阿拉伯，直到12世纪才传入意大利。廉价的纸在罗马城出现后，迅速取代了昂贵的莎草和羊皮，普通大众都用得起，一时之间民智大开。文艺复兴大师达·芬奇从小就能用纸练习素描，并且在纸上随时记录各种发明创造的灵感，这些设计手稿保存至今。所以有人说，是造纸术促成了欧洲的文艺复兴，点亮了西方文明。萨比科市市政图书馆馆长玛丽亚·罗萨丽娜带我参观了意大利的印刷术。有了造纸的基础，意大利的印刷技术发展迅速，直接催生了报纸、杂志、广告等等媒体行业的出现。安吉莉卡图书馆的馆长菲娅麦塔·台丽兹还给我看了一本非常特别的书。她告诉我，这是在意大利印刷的第一本书籍，印刷柔和、高雅。

　　西方进入印刷时代后,大量的图书开始普及,新的知识像开闸的洪水一样推动着人类文明的脚步。文明因交流而多彩,因互鉴而丰富。小小的一张纸就像一盏明灯,点亮了人类心灵的天空,照亮了人类前行的道路。这场因一张薄薄的纸而催生的东西方文明的接力,不经意间改变了整个世界传承文明的方式,引爆了人类文明的发展进程。

7 诗情长安画意罗马

如果让我用一个字来形容长安,那一定是"诗"。李白在这里举杯邀明月,杜甫在这里放歌破愁绝。经常有人问我:诗到底是什么?人类通过诗这个文学载体,究竟想要表达什么呢?

好雨知时节。长安的春天是最诗意盎然的季节。当年的兴庆宫沉香亭曾经见证过一段流传千载的爱情故事。风流天子唐明皇专门为绝代佳人杨贵妃修了这座亭子,在这儿看怒放的牡丹。同样是在这个位置,

🐫 李白与杜甫

李白（701年－762年），字太白，唐代伟大的浪漫主义诗人，被后人誉为"诗仙"，代表作有《望庐山瀑布》《行路难》《蜀道难》《将进酒》《明堂赋》《早发白帝城》等。杜甫（712年—770年），字子美，唐代伟大的现实主义诗人，被后人称为"诗圣"，代表作有《登高》《春望》《北征》"三吏""三别"等。李白与杜甫并称为"李杜"，二人于744年夏天在东都洛阳相识。此时，李白已名扬全国，而杜甫风华正茂。李白比杜甫年长十一岁，但他并没有以自己的才名在杜甫面前倨傲。而"性豪也嗜酒"的杜甫，也没有在李白面前一味低头称颂，两人以平等的身份，建立了深厚的友情。

第一章 文明密码系列

诗仙李白写下了著名的清平调三首:"云想衣裳花想容,春风拂槛露华浓。"李白的诗就是这样极致浪漫而富于想象力,信马由缰,像在天空中遨游。"朝回日日典春衣,每日江头尽醉归。酒债寻常行处有,人生七十古来稀。"这首诗是杜甫在曲江池头写的,写在一千多年前大唐的春天。杜甫的诗沉郁顿挫,千年之后,在同一地点读起他的诗,真让人感慨万千。我这个人不爱画画,也不会唱歌,却独爱诗的韵律和色彩,喜欢在这些流动的色彩和跳跃的音符中去意游风华绝代的长安。它是"日宫开万仞,月殿耸千寻"的大雁塔,是"夕阳无限好,只是

维吉尔

维吉尔(前70—前19)是古罗马最伟大的诗人之一,其作品对后世欧洲文学有着极大影响。维吉尔的代表作是长篇史诗《埃涅阿斯纪》。史诗取材于古罗马神话传说,叙述了特洛伊英雄埃涅阿斯成为罗马开国之君的经历。这部史诗是欧洲文人史诗的开端和范本。在罗马帝国后期到欧洲中古时期的一千多年间,维吉尔的诗一直是诗歌创作的楷模。诗人但丁认为,维吉尔最有智慧,因此在《神曲》中安排维吉尔作为地狱和炼狱的向导。

登金陵凤凰台

（唐）李白

凤凰台上凤凰游，凤去台空江自流。
吴宫花草埋幽径，晋代衣冠成古丘。
三山半落青天外，二水中分白鹭洲。
总为浮云能蔽日，长安不见使人愁。

埃涅阿斯纪（节选）

（古罗马）维吉尔

孩子，从我身上你要学到什么是勇敢，什么叫真正的吃苦，至于什么是运气，你只好去请教别人。

在今天的战斗里，我的手会给你保护，会引导你去争取到大量的战利品。

但是等你年纪稍微长大些的时候，你就要注意不要忘记，要时刻心里想着你的父辈给你立下的榜样。

想起你的父亲是埃涅阿斯，你的舅父是赫克托尔，你就会勇气倍增。

近黄昏"的乐游原,是樊川路上"人面不知何处去,桃花依旧笑春风"的浮光掠影,是韦曲"曾经沧海难为水,除却巫山不是云"的一往情深。在中国人的心目中,诗是心灵的载体,是表达人类精神的高雅手段,是孩子们从小就要经历的审美熏陶。

带着中国人的诗情,我来到了万里之遥的罗马。我在罗马住的家庭旅馆景色美极了,从这里可以看到远处的一座山谷,被山谷环抱的是一座中世纪的古堡,这不禁让人想起"绿树村边合,青山郭外斜"。

中国的诗歌都是讲究意境的,那么,罗马的诗歌又是怎样的呢?在罗马市中心的一个书市,博学的意大利朋友桂多带我一起寻找古罗马最伟大的诗人维吉尔的代

表作《埃涅阿斯纪》。桂多·巴罗择提说，维吉尔的《埃涅阿斯纪》一共有十二册，其中有一句描述说，强大的罗马帝国是在向全世界传播意大利人的美德，也就是说，罗马的血统建立在意大利的美德之上，这是罗马帝国未来的最大希望。桂多告诉我，这部长篇史诗，叙述了特洛伊英雄埃涅阿斯如何成为罗马开国之君的故事，是古罗马文学的巅峰之作。文艺复兴时期意大利最伟大的诗人但丁就深受维吉尔的影响，创作了欧洲古典名著之一的《神曲》。

我发现，唐诗和古罗马诗歌最为重要的区别在于，唐诗擅长用短句营造韵味，抒怀言志，而古罗马则更擅长用长诗来叙事、记史，借故事表达思想和精神。长安和罗马虽然在诗的表达方式和审美体验上有所不同，但精神本质并无明显区别。其实我觉得，全世界的诗都一样。它是人类创造的表达我们内心情感的完美载体，是我们的精神之魂。

第一章 | 文明密码系列

8 谁在书写历史

中国人自发明文字之后就开始了历史书写。一部二十四史可以说就是中华民族四千年的奋斗历程。中国的史书能够如此清晰、连续地记载历史，其实得益于一个非常独特的职业——史官。

仓颉造字

史官这个职业跟中国的历史一样长。据说，仓颉是中国第一位史官，他正是为了记录历史，才创造出了文字。春秋时期，齐国有两位史官，因为拒绝篡改历史而被暴君杀害，用生命捍卫了历史的尊严。中国最著名的史官是司马迁，他创作了中国历史上第一部纪传体通史《史记》。《史记》记载了中国从上

据史书记载，仓颉是黄帝的左史官。仓颉有双瞳四个眼睛，天生睿德，观察星宿的运动趋势、鸟兽的足迹，依照其形象首创文字，革除当时结绳记事之陋，开创文明之基。

司马迁与《史记》

司马迁是中国西汉（前206—25年）时期的史学家、散文家。早年曾漫游各地，了解风俗，采集传闻。后继承父业，著述历史，历时十四年，完成了中国第一部纪传体通史《史记》的创作。《史记》记载了上古传说中的黄帝时期到汉武帝元狩元年长达三千年的历史，大部分篇幅都以写人物为中心来记载历史，被公认为中国史书的典范。除历史价值外，《史记》还被认为是一部优秀的文学著作，在中国文学史上占有重要地位。

提图斯·李维

提图斯·李维（前59年—公元17年），古罗马历史学家。他精通文学、史学、修辞学、演说术等，是罗马共和国后期学问渊博的博物学家。他拥护屋大维创立的元首制，但是思想仍然偏向于共和制，为了挽救中后期的罗马共和国，他决定写一部史书来记述罗马人的祖先的英勇，避免罗马共和国的覆灭，于是创作了《罗马自建城以来的历史》（简称"罗马史"），书中充满爱国思想、道德说教、复古主张和对共和制度的赞赏。

第一章 | 文明密码系列

古传说时期到汉武帝初年长达三千多年的历史,堪称史家绝唱。中国历朝历代的史官们恪守着不隐恶、不虚美的职业道德,严谨地记录着中国的历史。因为有了他们,中国的上下五千年才得以如此清晰地展现在我们这些后人面前。

中国有官方修史的传统,记载历史一直都是非常重要的国家行为。也正因为有了强大的国力支持,中国的历史才得以如此系统地传承下来。我们中国人把历史当成一面镜子，只有以史为鉴，才能从前人成败的经验中汲取智慧，取其精华，去其糟粕。

迷人的罗马随处都是风景，但最吸引我的还是城市里那个最安静的角落。安吉莉卡图书馆已经有四百多岁了，是全世界最古老的公共图书馆，古罗马的辉煌历史就隐藏在图书馆珍贵的古籍之中。对于我这个历史研究者来说，这里简直是圣地。我迫不及待地想看看古罗马历史类的书籍。馆员帮我找到了古罗马最重要的历史学家提图斯·李维的名著《罗马自建城以来的历史》。罗马没有官方修史的传统，更没有史官这样的职位。我找的这本书是当时罗马帝国的第一任元首，即屋大维（前63—14年）时期一个叫李维的学者创作的。李维在书中记述了罗马自诞生以来的传奇经历。这本书充满了个性色彩，对细节的描写富于戏剧性，被称为史诗般的历史。这种主要由个人撰写历史的做法，让记史的方式丰富而多元，充满个性。就好比世界名画《劫夺萨宾妇女》，它用绘画的方式记述了罗马建城之初，为了解决男女比例失调问题而抢劫邻邦萨宾妇女的历史。古罗马的历史就这样以各种各样的文学、绘画、雕塑，或者是一些将军回忆录的形式流传了下来。虽然不那么系统，但却鲜活生动，趣味盎然。

今天，站在时空的最前端回望来路，我们不得不由衷地感谢那些前仆后继的史学家们。他们用智慧和生命为我们搭建起了一条时空隧道，让我们可以和历史自由地对话、畅想。

第一章 | 文明密码系列

🐫 《劫夺萨宾妇女》

收藏于巴黎卢浮宫的名画《劫夺萨宾妇女》,是法国画家雅克·路易·大卫在1789年至1799年间创作的,作品的题材源于罗马历史。萨宾是与罗马相邻的一个民族。罗马建城以后,人口性别比例失调,罗马人试图与萨宾人联姻,但遭到拒绝。于是,罗马人攻入萨宾城,劫夺了许多年轻妇女。双方从此结下仇恨,战争连绵不断。为了不让亲人牺牲,萨宾妇女抱着幼子走上战场,阻止双方的厮杀。这幅画作充分显示了古典主义绘画的特点。

9 人类的童年

天地玄黄，宇宙洪荒。在漫长的史前时代，几乎每个古老的文明都为解释这个未知的宇宙和寻找自己的来处创造了一个神的世界。如果说神话是人类对于自己童年的大胆想象，那么，东西方各自激发出怎样不同的想象力，创造了异彩纷呈的神话体系呢？

万神殿

古罗马的神源自古希腊，神王宙斯在罗马叫朱庇特，海神波塞冬摇身变成了许愿池中的尼普顿，战神玛尔斯最受古罗马人崇拜，而最美的神，你能猜到是谁吗？古罗马最美的神庙供奉的是美神维纳斯，当年神庙的壁龛里都有精美的雕像。维纳斯因为一座断臂的雕塑而闻名。在古罗马神话中，维纳斯是爱与美的女神，但神王却偏偏将她嫁给了最丑的火神，因此维纳斯经常背叛丈夫。她在寻找情人阿多尼斯的路上被刺破了脚，鲜血所滴之处，长出了象征爱情的红玫瑰。从维纳斯的故事里，我发现，西方的神特别重视外形的俊美。他们除了具有神力，性情几乎和人类一样，拥有七情六欲、爱恨情仇。这一点就和东方的神有了巨大的区别。

中国最有名的女神住在西安城东的骊山上。中国神话是一个特别庞杂的系统。在这个神话系统里，如果要找出一个最重要的女神，那一定就是女娲。女娲做了两件大事，第一件大事是炼五彩石以补苍天，第二个大的功绩就是造人，所以大家管她叫老母。女娲是中国上古神话中的创世女神。传说女娲也有绝美的容貌，但女娲的美和西方女神的美完全不同。西安华清宫老母殿中的女娲塑像，可以说宝相庄严，很有中国神灵的特点，慈祥威严，富于神性，没有人的缺点。在中国的神话系统里，没有"美神"这个神位。在中国人心目中，容

维纳斯

在罗马神话中，维纳斯是十二主神之一。罗马文化深受希腊文化的影响。罗马人按照他们的需要，将希腊神与一些罗马神对应，又把希腊神的形象以及有关的传说故事改编给对应的罗马诸神。维纳斯原本是意大利本土的女神，随着希腊神话的流传，罗马人将她与希腊女神阿芙罗狄忒相对应。阿芙罗狄忒是爱神、美神，同时执掌生育与航海，于是，维纳斯也成了罗马神话中爱与美的女神。

女娲

女娲是中国上古神话中的创世女神。传说女娲仿照自己的样子，用黄土造出了人，创造了人类社会。后来，自然界发生了一场特大灾害，擎天大柱倾倒，天塌地陷，洪水泛滥，野兽肆虐。女娲熔炼五色石修补苍天，重新撑起四方天柱，堵住洪水，杀死野兽，使大地恢复了平静。在神话中，女娲还是创造万物的自然之神，曾经创造出最早的乐器，建立了人类最早的婚姻制度。

貌向来不能和品德媲美。中国的神以善为核心，强调奉献和牺牲精神，充满了神性的光辉。

高尚的神格在古罗马却并没有如此重要。在维纳斯神殿保存下来的少量的雕塑中，我们还能清晰地看到维纳斯与战神的儿子——被封为小爱神的丘比特。图拉真市场工作人员西莫内·帕斯托解释雕塑的内容时说，那件雕塑表现的是两个小爱神割开两头公牛的喉咙，用鲜血来为维纳斯庆祝，这也是在祝愿帝国的子孙昌盛。维纳斯就是如此多情。传说古罗马的先祖埃涅阿斯是她和特洛伊王室所生的儿子，所以维纳斯也可以说是古罗马人的母亲。对于这么重要的一尊神，西方人也从来不修饰她的品格。神就像一个真实的人，有优点，也有缺点，有善，

也有恶,这就是西方神话的特点——神人同性。每个神都会有人性的弱点,连统治宇宙的神王也经常犯错。这些神的故事就像放大镜一样,剖析着人性的美丑善恶,让人类更冷静地看到一个真实的自己。

翻开中国的上古神话,一个圣贤的世界扑面而来:盘古开天,夸父逐日,神农尝百草。东方的神忙着为人类造福,几乎不食人间烟火。中国神话更愿意歌颂真善美,有着鲜明的尚德精神。这种尚德思维和我们对人的评价是一致的。历史上很多品德高尚的人,都被中国人奉为神明一样崇拜。中国的神更像是人的榜样。

有着神性的人,有着人性的神,东西方以不同的思维方式创造了丰富多彩的神话世界,为人类的童年涂鸦出了最生动的颜色。

第一章 | 文明密码系列

10 双城故事

城市，这个由人组成的聚落，是文明诞生的重要标志。长安与罗马曾经是地球两端最大的两个城市，人口都有百万之众。我很好奇，到底是怎样的魅力，让这两座城市至今仍然像磁石一样吸引着世界各地的人们呢？

罗马戴克里先博物馆里默默矗立着的墓碑，静静地向我诉说着答案。穿行其中，注视着它们，我发现，这些两千多年前生活在罗马城的人，绝大多数并不是罗马本地人。他们之中有埃及人、犹太人、西班牙人，甚至非洲人。这些人之中有奴隶，

有战俘，还有各行各业来罗马淘金讨生活的人。这些罗马移民让我看到了一个包罗万象的罗马城。

长安的开放在唐朝就声名远扬，于是发生了一件神奇的事情。这件事被详细地刻在了一块石碑上。这块石碑就是大名鼎鼎的《大秦景教流行中国碑》，如今矗立在西安碑林博物馆里。大秦就是古罗马和

🐫 大秦寺

大秦寺是在中国的景教寺院的通称。公元 7 世纪中叶，罗马基督教传入中国，当时称为"景教"。因唐时称罗马为大秦国，所以这种宗教也被称为"大秦景教"，景教的教堂被称为"大秦寺"。最具代表性的大秦寺位于距西安 70 余公里的周至县东南，是基督教传入中国最早的寺院之一。公元 781 年，唐德宗于长安大秦寺建立"大秦景教流行中国碑"，记载了景教的教义礼仪以及基督教聂斯托利派传教士在华传播景教的重要史实。

近东地区，景教是基督教的涅斯托里派。石碑上清晰地刻着，公元635年，大秦国主教阿罗本来长安时，唐太宗派宰相房玄龄亲自列仪仗到西郊迎接。开放的唐太宗李世民不仅亲自接见了阿罗本，还特许他在长安城内建立大秦寺，讲经传教。为了能够与中国的国情结合，这座讲经传教的建筑被称为寺，而不叫教堂。石碑上还记载着，到了唐玄宗时期（712年—756年），皇帝让大名鼎鼎的高力士，把五位皇帝的画像放在大秦寺里来安置。这是一件了不起的事情。这是两大文明在唐朝的一次伟大的碰撞。就这样，在盛唐兼容并蓄的宗教政策下，基督教的涅斯托里派在长安盛行了两百多年。

这段传奇的历史让我们真实地体会到了大唐的和合包容。长安城里不仅宗教多元化，丝绸之路的繁荣更是聚集了世界各地的商人和旅行者。绚丽丰富的文化吸引着各国的使节和留学生。千年前的长安已经是盛况空前的国际之都。

古罗马作为西方世界的霸主，在战争中收获的战利品，除了领土和财富，还有人。成千上万的俘虏和奴隶使罗马城内人口剧增，所以博物馆里有很多奴隶的墓碑。精通中文的意大利汉学家保罗·卡里诺，帮我详细地翻译了他们的故事。保罗指着一块墓碑告诉我，这块墓碑的主人原来是奴隶，后来变成了一个自由人。墓碑是他的前主人给他立的。这个奴隶来自埃及，所以他的墓碑也用了埃及碑，上面有埃及

大秦景教流行中國碑

D·M·PASSIENAE
CHRESTE
L·PASSIENIVS
HELIVS
MATRI·B·M·F

宗教的一些表征，这也能够表明他来自哪里。古罗马是个既残酷又吸引人的地方。虽然被他们征服的民族免不了被奴役的命运，但他们尊重并允许对方保留自己的宗教和文化，而且有很多政策，鼓励外来人通过自身的努力获得罗马公民的资格，享受跟罗马人一样的优越待遇。所以，很多奴隶即使被释放，也不会离开罗马，他们愿意留下来，享受这里的富足与文明。他们通过各种努力成为新罗马人，并以此为荣。

在西安，耸立了一千多年的大雁塔，是当年唐僧取经回来修建的藏经塔。它不仅给我们留下了《西游记》的故事，还带回了充满智慧的外来文明。

海纳百川，有容乃大。长安与罗马以包容的胸襟，成就了高度发达的世界文明之都。那些绚丽多姿、充满魅力的文明之花，自然而然地招龙引凤，从而缔造了两座光耀天下的文明之城。

第二章

社会生活系列

讲述人 于赓哲

于赓哲,陕西师范大学历史文化学院教授,博士生导师,曾参与录制央视《百家讲坛》,著有《她世纪——隋唐的那些女性》《隋唐人的日常生活》等著作。

11 从家开始

长安，罗马。生活在当下，世界似乎早已大同，不同的生活方式可以相互借鉴。但是，假如时光可以倒流，回到千百年前，那时的长安，那时的罗马，那份光景，定是大不相同、异彩纷呈的。然而很少有人真正思考过，生活并不是某人的创造，而是世代繁衍的传承。那么，东西方文明的先祖们究竟有着怎样的生活方式？这种生活与今天的我们又有什么样的关系呢？我将为了这些问题，踏上这趟奇妙的探索之旅，而我的第一站就是要走进古人们的家里。

公元79年8月24日，这一天，维苏威火山噩梦般地爆发，山脚下的城市瞬间被吞没。这座城就是庞贝。如今的庞贝被人们称为时间的胶囊，它封存着难得一见的两千多年前古罗马人的生活场景。在庞贝遗址，走进古罗马人的居住空间，奇特的布局让我有些不适应。因为这里的中庭很大，房间却很小，有的房间甚至连窗户也没有。住在这样的房间里，难道不觉得憋屈么？如此奇特的布局究竟是怎么回事呢？

第二章 | 社会生活系列

🐪 庞贝古民居的中庭

庞贝古城位于意大利南部那不勒斯附近，距罗马约 240 公里。始建于公元前 4 世纪，起初只是一座小渔村，后来逐渐发展成为仅次于罗马的发达城市。公元 79 年，庞贝城毁于维苏威火山大爆发。由于整个城市被火山灰掩埋，因此，城市的全貌保存比较完整，考古挖掘出来的艺术品和建筑物揭示了火山爆发前人们的生活情况，为后人了解古罗马的社会生活和文化艺术提供了重要资料。

庞贝古民居的卧室

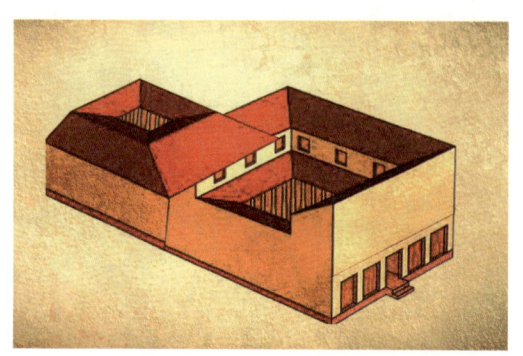

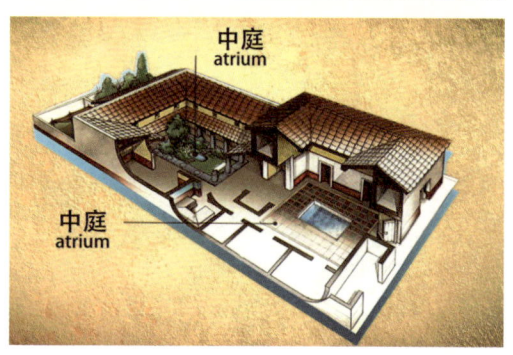

庞贝古民居模型

庞贝遗址博物馆馆长马斯莫·奥萨那告诉我,这是典型的庞贝古民居。当时人们家庭里所有的活动都是在中庭进行的。这里阳光充沛,十分舒适。在白天,男人们可以在这儿摆上小桌子,一家之主在这里接待客人。到了下午,女人们也会聚在这里。房间可以很小,但一定要有一个偌大的中庭,这是因为,古罗马人认为卧室就是用来睡觉的,而庭院才是家里最主要的生活空间。起居吃饭,交际娱乐,这些在中国人看来应该在室内进行的活动,都被古罗马人安排在了中庭,而且不论户型朝向,中庭永远是不可少的。这体现的就是他们亲近自然的居住理念。

时隔两千年的今天,现代欧洲人仍然会对在露天庭院享受生活情有独钟,这正是传统的延续。相比之下,长安古民居里又藏着什么样的生活理念呢?

位于西安的陕西历史博物馆里,有一组唐代的三彩四合院模型。

第二章 | 社会生活系列

唐三彩四合院模型 陕西历史博物馆

这组房屋模型非常有意思，它代表着唐代，甚至代表着中国古代绝大多数民居的形象。一方面，它体现了中国传统的审美观——中轴对称，另一方面，对于中国人来说，房屋的坐北朝南是一种自然的选择，因为冬季会有凛冽的北风，而南面的阳光始终是最充足的。这样的一个造型一直绵延到后世，甚至一直绵延到近代。这种传统民居在今天依然可以看到。居住在这样的房子里，究竟会是一种什么样的体验呢？咸阳，三原明清故居。大院主人王成元介绍说，这个房子是深宅大院，将近八十米长，可以直接从前院看到后院。过去房子没有风扇，一打开就是穿堂风，特别凉快。住在这样坐北朝南的房子里，阳光、视线都特别好，冬暖夏凉，不容易得病。与罗马人相比，中国人更重视室内空间，所以人们对于房屋的朝向和方位这些自然条件的选择更加具体。在贯穿南北的中轴线上建正房，东西厢房左右对称，小到一幢宅院，大到皇家宫殿，都有一种统一的规制，这体现的正是中华民族的传统礼法观念。

59

中国传统民居

中国传统民居室内空间

　　长安和罗马的人们，虽然选择了不同的居住理念，但都是为了寻找一种更加优质的生活方式。民以居为安，这是东西方文明先祖们共同具有的生活智慧。然而，那些充满奇思妙想的文明创造还远远不止于此。

第二章 | 社会生活系列

12　奔腾岁月

　　我喜欢开车。今天西安四通八达的道路让我的生活充满便利。唐朝时期的长安城面积巨大,在那个万国来朝的国际大都会,唐人一定少不了交通出行的需求。那么千百年前,我们的先祖们究竟会采取什么样的出行方式呢?这种方式又会如何影响今天的我们呢?

　　同一历史时期的世界另一端,西方那条条大路的终点,正是罗马。正如老话说的,"条条大路通罗马"。作为当时人口超过百万的超级大都市,交通出行的重要性不言而喻。古罗马人似乎拥有独特的智慧,那些交通方式甚至被认为持续影响到今天。究竟是什么样的技术,被人们如此珍视而不断传承千年呢?

　　今天的西安城,虽然没有了匆匆赶路的唐人,但那些历史遗物还是能够帮助我们找到答案的。拴马桩在西安城非常非常多,可以说,它相当于古代的停车位。那个时候,但凡有点条件的家庭,门口必然有这样一个标配。看着林立的拴马桩,我已经能够想象,当年

🐪 拴马桩

拴马桩石雕是中国北方的民间石雕艺术品,在陕西尤为常见。它原本是过去殷实富裕的人家拴系骡马的实用条石,通常用坚固耐磨的青石雕刻而成,通高2至3米,一般立在民居建筑的大门两侧,既可以装点建筑、炫耀财富,也有避邪镇宅的作用。造型一般以狮子为主,也有其他动物或人骑兽等多种形态,体现出特定时代的世俗生活气息。

的长安城一定是车水马龙的。唐人对一匹汗血宝马的狂热,不亚于今天的人们喜爱风驰电掣的豪华跑车。然而中国历代早就有人力车、牛车等许多代步工具,唐人却对马如此偏爱,这一定另有原因。

在唐朝,骑乘之风相当兴盛,官员无论文武都乘坐马车,甚至连女性也喜欢骑马,这足以说明当时马匹的普及程度。唐代的长安城是当时世界上最大的城市,面积足有84.1平方公里,东南西北少说有十几里。而马匹奔跑的速度达到了那个年代人们所知的最高时速,因此,骑马的便捷程度是无法替代的,这样的出行方式也自然成为盛世长安生活的首选。也许从策马扬鞭的那一刻起,古人便被这种飞驰的快感所征服。千年前的奔腾岁月造就了后世无数交通工具对速度和驾驭的不变追求，这都是狂野洒脱的大唐情怀延续千年的影子。

在古代罗马，最著名的交通工具就是马车。虽然从古至今，意大利都一直遍布这种颠簸的碎石路，但这里的马车却依然行驶了千年。所以我相信，一定有什么秘密藏在这个博物馆里。有人说，古罗马人的四轮马车，直接影响了今天汽车的基本结构，真的是这样吗？罗马马车博物馆里有一辆相当精美的马车，可以看到，它的转向轴能够保证前轮驱动率先转过去，减震的核心部分能够保证舒适性。这些技术据说是古罗马在凯尔特人马车的技术基础上改进的。在古罗马那个时代，这已经称得上是高科技了。

现在的汽车、火车，都脱胎于古代的马车技术。因此，古罗马马车的影响一直持续到现在，这种说法一点也不为过。我登上一辆马车，试试减震究竟如何。坐这种马车的感觉有点类似坐游船，上来之后会感觉忽悠一下，很有意思，感受相当不错。不过，我还是更希望能够坐一坐真正的马车。

宋徽宗摹本，唐张萱《虢国夫人游春图》

黄昏的罗马，已经到了它一天当中最美好的时候。在今天的罗马，乘坐出租马车是享受生活的一种方式。晚风习习，非常凉爽，出租马车坐上去的感觉非常好。

在交通工具的变革当中，我们能够感受到今人与古人的一脉相承。我们今天的出行方式，离不开古罗马的技术所带来的便利与舒适，更离不开马背上的唐人对速度的追求和享受。当技术与率性相结合，前路便总是令人向往。

第二章 | 社会生活系列

13 一脚千年

一份痴迷能延续多久？一生，一世，或是永恒？千百年来，有一种求胜心从未改变，只因为那跃动不息的脉搏。这份痴迷的灵魂，能够跨越时间的鸿沟，横穿地球的东西，书写共同属于我们的传奇。

距今两千二百年前，汉朝军队中流行着一种用脚踢球的练兵之法，据说它不仅可以强身健体，而且深受将士们的青睐，这就是古代的蹴鞠。这究竟是一种什么样的运动呢？答案就在一件珍贵的文物里。西安博物馆有一件东汉的蹴鞠俑。那个陶俑正在做跃起状，他的右脚之上有一个小球。那个年代的蹴鞠还是单人的蹴鞠，类似现在的踢毽子，要踢出各种花式动作来，这件陶俑就是这种运动的一个鲜活的写照。看来，在很久以前，蹴鞠这种运动就充满了竞技性。而且据我所知，在

蹴鞠俑 东汉 西安博物馆

🐪 蹴鞠

蹴鞠是指中国古人以脚踢球的一种活动，类似今天的足球。据史料记载，早在战国时期，中国民间就已经流行娱乐性的蹴鞠游戏。从汉代开始，蹴鞠成为练兵之法，还出现了单人表演的蹴鞠。唐宋以后，充气球取代了实心球，蹴鞠也逐渐演变成比赛性质的集体运动。此后的几个朝代中，蹴鞠在宫廷及民间的节庆活动中经常出现，清初还出现了冰上蹴鞠。清代中叶以后，传统的蹴鞠活动逐渐被现代足球所取代。

当时，球踢得好不好，还是判断一个士兵能力高低的标准。所以说，从一开始，蹴鞠就是一项能够激发人们求胜心的运动，这怎能不让人痴迷？到了唐代，蹴鞠的魅力就更加一发不可收了。

在唐代，蹴鞠这种游戏非常盛行，上至达官贵人，下到平民百姓，都非常喜欢，可以说男女老幼咸宜。所以，在当时，蹴鞠变成了唐人娱乐活动中重要的组成部分。我认为，成就大唐对蹴鞠全民痴迷的，正是一次划时代的变革。

第二章 社会生活系列

　　起初，蹴鞠用的球都是采用软质的材料，比如说鬃毛之类的。到了唐代，出现了一个有趣的现象，就是出现了气球，也就是在皮革中间充气，这样的球已经与现在的足球非常接近了。另外，唐代的蹴鞠是分成两队来比赛的，并且加上了球门，两队都要把球踢到对方的大门里去。这种比赛方式也与现代足球非常相似。唐代蹴鞠分庭对抗的

明代杜堇《仕女卷》之《蹴鞠》局部

比赛格局,让原本的单人技巧比拼,变成了更加引人瞩目的团队协作竞技,可玩性、可看性大涨。这也大大激发了人们的求胜心,比赛更加瞬息万变,充满刺激和悬念。

2004年,国际足联将中国古代的蹴鞠认定为现代足球的鼻祖。我想,祖先们恐怕很难想象,这个让长安百姓们乐此不疲的小球,千百年后居然能在世界的另一端开花结果,并且牵动亿万人的心。

罗马奥林匹克体育场。"四星意大利"用实力宣告着,谁是"大力神杯"青睐的欧洲王者。当今的罗马人对于足球的痴迷是近乎狂热的。每到比赛日,不分男女老少,都会涌上这座城市的街头巷尾,朝着同

一个方向汇集而去。作为欧洲顶级联赛，一场意甲的重要赛事绝对一票难求。奥林匹克体育场见证了意大利足球众多的历史瞬间，也见证着罗马球迷在无数个比赛日里的同一种期待，同一种思量，同一种忧心忡忡，还有同一种胜利的呐喊。无需多言的感动，诠释着所有意大利人的足球之心。能够在这里感受一下现场的气氛，就是最大的收获。

千年前的古老蹴鞠所具有的穿越时空的魅力，在今天的足球运动中，依旧无比动人，长安与罗马古往今来的生活更是因此连接在了一起。一份痴迷，从未间断，因为它就是我们最质朴、最真切的快乐追求。

14 顶级盛典

不要以为今天的我们一定会比古人感受更多的精彩。千百年前,在罗马震耳的欢呼声中,在长安喧天的锣鼓声中,古人可能拥有远超当今的盛大场面。那些曾经让人目不暇接的,究竟会是什么样精彩纷呈的顶级盛典呢?

古罗马竞技场是古罗马帝国留下的最宏伟的纪念碑。如今,这里一年四季游人如织。看着这些遗迹,我不禁畅想,在古代,这里究竟会有怎样的一番景象?

两千年前,这里是西方世界瞩目的焦点。罗马的君主会与民众一起,在这里观赏表演。最顶尖的角斗士会在这里同台竞技,他们在当时的知名度就好比今天的体育明星一样,一招一式总能博得观众如潮的欢呼和呐喊。然而,这还不是全部。我们可以看到,巨大的竞技场和当代大型体育场十分相似,其构造都是为了能容纳数以万计的观众,但其实,

第二章 | 社会生活系列

🐪 古罗马竞技场

古罗马竞技场，也就是罗马斗兽场，是古罗马帝国专供奴隶主、贵族和自由民观看斗兽或奴隶角斗的地方。古罗马竞技场位于罗马市中心，建于公元72—80年间，是古罗马最大的圆形角斗场。建筑平面呈椭圆形，四层结构，外围墙高57米，相当于现代19层楼房的高度。占地面积约2万平方米，可以容纳近9万名观众。

它的功能远比体育场强大太多了。这个竞技场的另一个名字是"弗拉维欧圆形剧场"，是一座名副其实的巨型舞台。让我感到惊叹不已的是，罗马的君主们曾在这里为臣民们带来了绝无仅有的旷世奇观。据历史记载，罗马帝国在海上取胜时，

这里曾经注水泊船，表演大型海战场景；而当北非划入帝国版图时，这里也曾遍布沙丘，表演围猎狮虎大象的奇观。千百年前在这里上演着的，是极为逼真的大型实景演出，也是征服者为了彰显战功而举办的盛大仪式。所以，在我看来，这些让人大开眼界的震撼体验，凸显了尚武的古罗马民族追求真实冲击力的娱乐心理。

当古罗马斗兽场人声鼎沸的时候，长安盛典上的欢呼声又是为何响起的呢？

马球这种运动在唐朝非常盛行，唐代的文献当中经常可以见到有关马球的记载。唐人对马球的爱情有独钟，而且不仅男人喜欢，女人也很喜欢，打马球的人特别多，尤其是中上层社会的人。乾陵唐章怀太子墓中有一幅壁画《打马球图》。这幅壁画描述的正是当年的盛大场景。奔腾的骏马，争相击球的骑手，还有跟着比赛击鼓奏乐的观众们，真是热闹喧天。我们可以想象，每当长安城里鳞次栉比的马球场擂起

🐫 打马球运动

马球，古称"击鞠"，是骑在马背上用长柄球槌拍击木球的运动。三国曹植《名都篇》中有"连翩击鞠壤"之句。相传唐初由波斯（今伊朗）传入，称"波罗球"，后传入蒙古，相沿至今。上图为明代佚名绘《马球图》。

战鼓的时候,整个城市都会笼罩在一片人声鼎沸的热烈氛围中。可是,唐人为什么会对马球如此推崇备至呢?

大明宫遗址公园的一组雕塑给我们提供了一个重要信息。将马球推向全民娱乐盛典的,正是大唐的皇帝们。与喜欢观赏演出的古罗马皇帝不同,唐代的皇帝们都是马球场上真正的主角。唐朝21位皇帝当中,有11位是马球高手,甚至还有两位皇帝因为打球打得太认真而丧命。所以,马球在唐代不仅是一项运动那么简单,它是一场由皇帝带领、全民参与的国家盛典。皇帝一展身手之时,将会是什么样的盛景呢?据史料记载,唐玄宗李隆基曾经亲自带队,上演过一次"马球外交"。公元709年,他"东西驱突,风驰电掣,所向无前",仅用四人组队就大胜吐蕃十余骑,凭借自己高超的技艺让众人折服,赢得了在场各国使者的赞誉。这说明,马球在唐代不仅是竞技,更是彰显大国风采的舞台,展现着技与美的完美结合。可以说,煌煌大唐,每一场盛大的马球赛都是万众瞩目的顶级盛典。

原来,长安和罗马的古代生活远比我们想象中精彩太多。不论是那些空前绝后的旷世奇观,还是令人目眩神迷的高超技艺,千百年后,都仍然让人赞叹不已,魂牵梦萦。

15 头等大事

每天当我们从睡梦中醒来，第一个需求是什么呢？无论是在东方还是西方，答案都永远只有一个：上厕所。这是全人类最基本而且永远共同的生活需求。然而，这件最不足挂齿的日常行为，若是放在千百年前，却绝非小事。

可能是由于太过平常，一般人对于厕所绝不会时不时地左右端详，思索它背后的往事。但来到了意大利，我觉得，这件事还真值得我思考一下。因为有人说，正是这件不起眼的小事，才保证了罗马历史能够延续千年。真的是这样吗？

在意大利那不勒斯庞贝遗址，这里可以看到古罗马的一间厕所，里面有石条、凹槽，还有可以镶嵌的石件。整个设计中，最关键的是排水系统。水从这边进来，绕上一圈，然后从那边的排水口排出去。厕所的面积足够容纳十几个人同时如厕。眼前的遗迹让我不禁感叹，千百年前古罗马人创造的这种排污系统，今天看来仍然十分

第二章 社会生活系列

合理。在奥斯蒂亚，这里有更加完整的古罗马厕所遗址，我们可以看到，水槽之上的石板，不仅一目了然地说明了坐便的使用方式，更是将整个卫生设施的内外完全隔离。有了这样流水排污的构造，无形当中就能省去大量清洁和维护的人力。所以在古代，这样的厕所才能遍布罗马帝国的每一个角落。

古罗马厕所（电脑复原图）

这一份小小的清洁，是古老而又超前的生存智慧。它不仅在千百年前造就了现代厕所的雏形，更在那个医学还十分原始的年代，成为保证公共卫生的重要手段。得益于此，罗马才能在历史上多次致命的瘟疫当中屹立不倒。可见，能够左右人们健康的任何细节，都绝对事关重大。

巧合的是，在描述大唐生活的古籍《朝野佥载》中，我也找到了一段关于如厕的传奇。在唐代的长安城，有一个富商，家财巨万。他是靠什么致富的呢？其实就是拾粪。他很富有，但当时的人们给他家起了个外号，叫"鸡饲"，因为那时候人们认为，鸡是在粪堆里边用

汉代釉陶猪圈

汉代釉陶猪圈是西安博物院收藏的一件随葬模型器。釉陶猪圈半椭圆形，通长30.6厘米，宽22厘米，通高24.4厘米。围栏以镂空长方形分隔，圈内有正在生产的母猪和吃奶的小猪，猪圈上方有厕位，悬山顶，中部起脊，中有隔墙将厕位一分为二，里面有两个看热闹的人并排而立。厕内有蹲坑，直通下面的猪圈。这种猪舍与厕所合一的建筑形式，主要是为了实现积肥的功能，反映出汉代小农社会的生活习俗。

爪子刨食吃的。由此可以看出，人们对他这个行业并不算尊重。但不可否认的是，这个行业的确能够产生巨大的经济效益。既然"厕所状元"能富甲天下，那他致富的"聚宝盆"究竟长得是什么模样呢？

在西安博物院，副研究馆员李超拿出了一件近年征集来的汉代釉陶猪圈。这个东西很特别。我见过好几个汉代的厕所模型，但这种场景的却是第一次见。李超介绍说，厕所和猪圈合在一起，是在汉代流行开来的。这种结构在汉代应该很常见。这种厕所被古人称之为圂。据记载，它的历史至少可以追溯到春秋战国时期。猪圈和厕所，这两个现在看起来并无关联的东西，被古人结合在了一起，其实这里面大有文章。这样的一个造型有利于人和牲畜的粪便囤积在一起。作为农耕民族，中国人自古就有积肥的传统。旁人嫌弃的污秽之物，来到农田里，却能成为农作物生长的宝贵动力。土地肥沃了，面朝黄土背朝天的先祖们才能得以战胜历史上数不尽的天灾人祸，用充足的粮食养育华夏的子子孙孙。

在我看来，不论是流水的古罗马厕所，还是积肥的长安农圂，都看似平常，却有着极为深远的影响。所以说，不论东方西方，当任何一件不值一提的小事关乎人们生活的时候，那都是不可忽视的头等大事。

第二章 社会生活系列

16 生命的守望

如今，人们的生活中总少不了各种各样的萌宠温柔可爱的身影。然而，对于千百年前长安和罗马的古人们而言，人与宠物之间可远不止陪伴这么简单。

据我所知，狗是当之无愧的世界第一宠物。它们总能给人温柔体贴的印象。在罗马的台伯河畔，我遇到了一个憨态可掬的大家伙。听说它在古罗马地位十分显赫。真有这么回事吗？

当地人告诉我，这种狗名叫科尔索犬，在意大利被人驯养，已经有两千多年的历史。在古代的意大利，这种狗是打猎用的猎犬，相当凶猛。刚才拉它的时候，我就感觉到了那个力道，那个冲劲绝不是一般的狗能有的。据说过去在农场里，两三只科尔索犬就可以将牛咬得动弹不得，这样更便于农夫进行屠宰。这种力量真是令人难以置信。

79

科尔索犬

科尔索犬是古罗马的一种猛犬,其名字来源于拉丁语,意思是"卫士"。它体型瘦长,肌肉强健,动作敏捷。在古罗马角斗场上,科尔索犬曾经与熊、狮子、老虎等大型猛兽厮杀。科尔索犬对人忠诚,性情勇猛,具有非凡的勇气和超凡的耐力。科尔索犬最光荣的历史,就是曾经在古罗马军队中服役,与主人协同作战,与手拿利器的士兵搏杀对抗,为古罗马帝国立下卓越战功。

舞马衔杯

舞马,是指经过训练、能按照音乐节奏翩翩起舞的马。在唐代,马不仅广泛应用于战争及交通运输,还大量应用于宫廷贵族的社交与娱乐活动,其中唐玄宗时期的舞马最为特别。据史料记载,唐玄宗曾饲养几百匹舞马,每到玄宗生日,皇宫里都会举行盛大的庆祝活动,并以舞马助兴。此时的舞马披金戴银,随着乐曲起舞。一曲结束之后,舞马会衔着盛满酒的酒杯到皇帝面前祝寿。安史之乱后,舞马衔杯这种宫廷娱乐形式彻底销声匿迹。

然而让我更加惊讶的是，古罗马人让这种狗常伴身边，居然还有更大的用处。相传凯撒大帝在进军不列颠的战役中，勇猛异常的科尔索犬组成了一支特种部队。军团冲锋陷阵时，它们会冲在最前面，用毫不留情的撕咬，将凯尔特士兵打得溃不成军。于是，科尔索犬成了那个时代古罗马军团的一把利剑。

在我看来，古罗马人选择这样的宠物，不仅是需要它的绝对忠诚和服从，更因为罗马人本身就是能征善战的民族。只有这样一种勇武不输狮虎的猛兽，才配得上他们无尽的征途。这是战士与战士之间共通的血性基因。

唐代周昉《簪花仕女图》局部

唐人也有像今天一样的宠物犬、宠物猫。但是有意思的是，唐人的宠物当中，还有一种具有很强的实用价值，这种方式是今天的人难以体会到的。唐人饲养的宠物与今天有怎样的不同？他们饲养宠物的目的又是怎样的呢？在很多唐代壁画上，我们不仅可以看到宠物的身影，还可以找到我们想要寻找的线索。

狩猎几乎是唐人娱乐活动当中的主要形式。有意思的是，唐人狩猎时，都带着各种各样的宠物。在乾陵唐章怀太子墓的壁画上，可以

看到很多动物,有鹰,有豹子,还有猞猁。唐人的文化就是这样,连饲养宠物都崇尚一种刚强的气质。

尚武的唐人选择猛兽做自己的得力助手,这似乎和古罗马人一样,是十分强调实用性的。但其实,他们在宠物上所花的心思还远远不止于此。一千多年后,今天西安技艺高超的骑手们,重现了唐人训练宠物的登峰造极之作。它曾是唐代历史上极富传奇色彩的一笔,那就是只有在唐代宫廷大典上才难得一见的旷世国礼——舞马衔杯。

唐舞马衔杯纹银壶 陕西历史博物馆

在我看来,唐代可以说是中国历史上颇为崇尚骑士文化的时代。马是大唐文化的代表,单纯的乘用,远远不能凸显马在那个时代作为精神象征的意义。除了实用价值,它们更要与主人性情相投,心意相通。我们重现了千年前的技艺,才能体会到,古人与宠物有时候比我们走得更近。因为要合力创造奇迹,人与动物必定是心连着心的。

回望千百年前的生活,无论是古罗马人与猛犬的战友情深,还是唐人与骏马的如影随形,我认为,都是源自一种跨越物种的荣辱与共,相互信赖。这种情感的共通,就是自古到今都未曾改变过的生命的守望。

17 浴场往事

无论何时，与水亲近都是人的天性。这一种由身体到心灵的润泽，就叫做沐浴。但是，如果与东西方的古人相比，我们今天的沐浴可就太过平常了。

我今天的探寻，将会从拜访意大利古建筑修复专家开始。詹尼·布里安花费半生的时间，复原了古罗马城里的一大奇观——大浴场。在一千八百多年前，这里占地十二万平方米，可以说是当时罗马城里独一无二的庞大建筑群。这座浴场复原之后的样子，真是气势恢宏，无与伦比。古罗马人建造这么大的浴场，究竟有什么特别的用处呢？

只有身临现场，才能感受到这个建筑有多大，浴场的更衣室，有四五层楼那么高。令人难以想象的是，这些豪华的建筑，在当时并非权贵私有，而是面对民众开放的基础公共设施。当年到这儿来洗一次澡，讲究可是

第二章　社会生活系列

很多的。意大利专家说，古罗马人把大厅叫做"暖房"，是在地面上通过蒸汽加热的。这座大型的公共浴室里，有烧红的铜板，有人往上面泼水，就像今天的桑拿。桑拿之后，就是令人放松的热水浴，还有可以活动筋骨的游泳池。除了这些，古罗马人还会在浴场里健身按摩，甚至还有体育比赛，好不热闹。可是，老百姓洗澡这种日常行为，真的有必要弄得这么复杂吗？

🐫 古罗马浴场（电脑复原图）

罗马成为强大的帝国之后，公民生活富足，享乐之风盛行，沐浴也成为社会各阶层的重要活动，其中最受欢迎的就是公共浴场。公共浴场是古罗马建筑中功能最复杂的一种类型。古罗马曾有大大小小的浴场八百多个。除了洗浴空间之外，较大的浴场还有休息厅、娱乐厅、图书馆、健身房、商店、餐厅等。对于罗马人来说，公共浴场并不只是一个沐浴的地方，还是重要的社交活动场所，人们在这里可以闲谈，交流信息，也可以处理各种事务。

🐫 华清池

华清池，也就是华清宫，是唐代帝王的别宫，位于陕西西安的临潼区。始建于唐初，唐玄宗时扩建宫殿，取名华清宫，因以温泉为特征，又称华清池。华清宫背靠骊山，面向渭水，拥有庞大的宫殿建筑群。骊山有丰富的地热资源，所以，以温泉闻名的华清池，也成为皇家沐浴的地方。这里的温泉水质纯净。唐玄宗的莲花池、杨贵妃的海棠池、唐太宗的星辰汤等，都是保留至今的皇家汤池遗址。

原来，古罗马的浴场并不是我们一般意义上理解的澡堂子。这里最重要的作用，就是作为公共场所来满足人们的社交需求。在这里，男人们能了解最新的时政要闻，女人们也有聊不完的家长里短。甚至有传言说，很多人一旦有空闲，就会在浴场里待上一整天。所以，这里才能如此的五花八门，应有尽有。我曾经读到过，西方历史上曾用"社交综合体"这样的说法来形容罗马的大浴场。看来在那个年代，这里是融入罗马生活必不可少的场所。

大唐长安的万世风雅，离不开这里依山而建的皇家行宫，它的名字就叫华清池。当唐人在这里寄情于水，中国的沐浴文化便得到了最为极致的体现。

一到华清池，立刻有一种温暖如春的感觉。自古以来，这个地方就被历朝历代所利用。唐代对于华清池的营建是空前的。这得益于唐人相信温泉水能够治疗疾病、保持健康的信念。而唐人享受沐浴的方式更是别出心裁。杨贵妃洗浴的地方是海棠花瓣的形状，算得上是整个华清池最为传奇的地方。唐人的沐浴方式总是充满诗情画意的，鲜红的花瓣，碧绿的兰草，还有各种天然香料，可谓千姿百态，五光十色。诗人白居易曾将杨贵妃沐浴的景象用"温泉水滑洗凝脂"这样美的诗句来描绘。可以想象，唐代的宫廷汤池一定

是别样雅致的。当然，白居易绝不可能亲眼见过他所描述的场景，因为对于中华民族的传统来说，沐浴从来都是一件极为私密的事情，所以不仅皇家浴场是绝对的禁地，寻常人家的浴室里也同样充满了礼仪。

自西周（前1046年—前771年）起，沐浴就有了明确的规定。秦汉（前221年—220年）时要严格遵守"三日一洗头，五日一沐浴"的礼法，不能多也不能少；来访的客人，进门必须沐浴后才能上桌吃饭。这些都是全民遵循的社会法则。所以我认为，对于中国古人来说，沐浴绝非小事，而是东方礼仪之邦尤为重视的生活仪式。

如今，罗马浴场的盛景早已不再，长安华清池的浪漫故事也已化为诗篇，然而上善若水，古往今来人们对于沐浴的美好记忆却是亘古不变的。

18 对酒当歌

小酌，还是豪饮？这不是一个问题，而是一种情结。对于爱酒之人，世界再陌生，总有那么一处熟悉的角落，让人感到喉咙干涩，渴望甘露的润泽。在这里，酒并不是目的，而是写故事的一支笔。

在今天西安的城墙下，一处曲径通幽的小酒馆，仍然保留着些许大唐酒肆的韵味。那么对于唐人来说，酒肆里曾驻留过什么样的生活呢？在这家酒馆里，酒坛子布置还是挺有感觉的。唐代的酒肆首先是酒类的批发商，然后才是喝酒的地方。

在长期宵禁的长安，酒肆并不能在晚上营业，人们想象中通宵达旦的欢醉场景也很少出现。既然如此，唐人又为何格外贪恋酒肆时光呢？

酒馆服务员为我端上了陕西的稠酒。这个稠酒，其实也就是中国古代的米酒，醪醴之酒，做法非常古老。稠酒在喝的时候要再经过一番加热，酒煮起来的时候，有一种满屋飘香的感觉。如此甘甜可口的

🐫 稠酒

稠酒是陕西的一种米酒,始于商周时期,距今已有三千多年的历史。中国最早的医药总集《黄帝内经》里多次提到的"醪醴",就是稠酒的前身。稠酒颜色洁白,汁稠醇香,绵甜适口,酒精含量比较低,喝的时候可温可凉,四季皆宜。

美酒，当然所有人都会爱喝。当年的酒肆也一定是长安百姓们最乐于光顾的场所之一。稠酒并非浓烈得足以醉人。我不禁在想，在唐代，究竟什么人才最懂得享受这一番"酒不醉人人自醉"的惬意呢？

唐代的酒肆里，文房四宝是必备的，原因很简单，那个地方经常是文人聚集的地方，而且文人们常常靠酒精来激发自己的灵感。"李白斗酒诗百篇"，伟大的唐诗当中，有很多名句极有可能就是诞生在酒肆这样的场合当中的。在我看来，唐代的酒肆也许就是这样一个文人墨客寄情风雅的地方。文人们来到这里，少了几分刻板的束缚，多了一些畅怀的快意。那些对酒当歌的诗篇，也为后世留下了一番文耀东方的长安格调。

提到古罗马人与酒，有这样一个说法：假如你身在庞贝，无论哪个方向，只要走一百步，总能遇到酒吧。那么，这些鳞次栉比的酒吧，又留下了古罗马人什么样的记忆呢？

庞贝遗址博物馆馆长介绍说，在庞贝遗址的模型上，可以看到一些供着神像的酒吧。这类的酒吧里常年贩卖各种熟食快餐，还出售很

酒神巴库斯

罗马神话中的巴库斯是酒神和植物神,相当于希腊神话中的狄俄倪索斯。相传巴库斯是从朱庇特主神的腿中降临出来的,有关他出生的故事,至今依然保存在梵蒂冈博物馆的一块浮雕上。在罗马神话中,巴库斯用葡萄酿酒,并把葡萄栽培技术和采集蜂蜜的方法传给人类,所以被人类尊为酒神。

多饮料，有汤和一些热饮，当然更多的是红酒，墙上还有酒神巴库斯的神像。当地人告诉我，在这里贩卖食品，其实正是古罗马人太热爱酒吧生活的体现。只要结束了每天的忙碌，他们就会成群结队地聚集在酒吧。此时，粗茶淡饭已经无关紧要，快餐反而能节省更多的时间让他们开怀畅饮。那么千百年前，在这些酒吧里，到底什么样的景象让古罗马人流连忘返呢？

对于等级森严的古罗马社会来说，白天的众目睽睽总是关乎名誉与阶级，酒吧之夜才是最自由、最不惧世俗的。在这里，卸甲的骑士会讲起前线的战事，正是如此，罗马军神西庇阿才在少年时就背熟了汉尼拔的战场诡计；在这里，冠军赛车手德加斯即便是奴隶身份，也能与贵族女粉丝自由恋爱，没人计较相差悬殊的阶级；在这里，水手们声情并茂地描述着异国的境遇，而好奇的波利比乌斯，却把这些故事都牢牢铭记在了《罗马通史》里。

作为古代西方文明的高峰，罗马社会的发达程度首屈一指，而且，人们十分注重社交。正是这种社会需求，让私密而舒适的酒吧成为古往今来人们必不可少的交流空间。这里有属于每个人的故事。在我看来，简简单单的一杯酒，都在沉淀着千百年来罗马的浪漫与豪情。

从长安酒肆到罗马酒吧，在东西方共同的醉乡里，永远都不会只有愉悦这么简单。无论是灵感的风雅，还是真情的流露，总有一些情绪在这样的场合才最能够抒发。我有酒，你有故事吗？在我看来，酒就是故事，故事就是酒。

19　智慧的火种

西方神话讲过，普罗米修斯将火种传入凡间，人类便拥有了改造自然的力量。我觉得，神话中的火种暗指的就是让世界不断发展的发明与创造的力量。但这种力量，其实并非当代独享，而且，或许我们熟悉的高科技正源于先祖们的奇思妙想。

自陕西宝鸡法门寺地宫考古发现以来，众多唐代的稀世珍宝得以重见天日。据说，其中一件珍宝的出现曾让全世界惊叹不已，真的是这样吗？

在法门寺，曾经出土过一件唐代银香囊。这种香囊在唐代是一种比较常见的器具，它的外形看起来似乎没有什么特别突出的地方，但实际上，这里面却蕴含着足够多的黑科技。这种香囊，唐人用它来携带点燃的香料，一般都是女性佩戴在身上或持于手中。可是，哪怕在今天，要让人随身携带一枚炙热的火源，也不是一件容易的事。而这种香囊在唐人的日常生活

法门寺地宫

陕西宝鸡法门寺地宫是迄今为止世界上发现年代最久远、等级最高的佛塔地宫。法门寺又名"真身宝塔",据传始建于东汉明帝十一年(公元68年),有"关中塔庙始祖"之称,唐高祖时改名"法门寺"。因安置释迦牟尼佛指骨舍利而成为佛教圣地。地宫是中国佛塔构造特有的一部分,是用来珍藏法物的密室。法门寺地宫面积仅31.48平方米,但这里曾出土众多佛教宝物和两千多件大唐文物。

之中却是常见的实用器。它究竟是如何做到这一点的呢?

我们先来看一下它是怎么样运转的。打开香囊,可以看到里边有一个小球,我们可以把它当作香料。这个小圆球放进去之后,就可以看到,无论怎样运动,无论怎样颠簸,里面的小碗总是朝上的,这样就能够保证安全,而且还能保证自己身边香气缭绕。这个结构设计是非常精巧的。多环嵌套,多轴稳定,重心中置,自然平衡,这样的功能看似顺理成章,但实际上,这个结构可不止精巧而已。要知道,这

种不借助外力就能自然保持平衡的科学技术，是在大约一千二百年之后才诞生在意大利的，在现代，我们称之为陀螺仪技术。

我们无从知道大唐的香囊是否通过丝路传入过西方，也无处考证后世的陀螺仪是否参考过这件千百年前的古代发明。但是我们可以肯定，正是因为这种古今相通的技术，如今的邮轮才能在大浪中平稳航行，火箭才能不惧风雨笔直上天，我们今天生活的诸多领域才能是今天的样子。

古罗马广场自 20 世纪初逐步修缮以来，遗迹中的很多细节被人们重新认知。据说，在这里很多相似的角落都隐藏着同一个千年的秘密，那究竟是什么呢？作为罗马城的中心，古罗马广场的祭祀活动络绎不绝，最引人注目的要数天神显灵的环节。相传在祭祀时，大祭司会点燃神庙前的火盆，请求天神保佑，不出片刻，两扇巨大的石门就会突然自动开启，仿佛是天神响应了祈祷而显灵一样，令众人惊讶不已。虽然我们现在知道这并非神迹，可是在当时，这一切又是如何做到的呢？

原来，自动门的玄机就藏在遗址石柱的下方。那里曾经设有一套巧妙的机关。祭坛上的火焰使得下方巨大金属容器中的空气不断膨胀，从而通过压力产生运动，之后，在一系列滑轮装置的驱动下，神殿大门便自动向人们敞开了。这种与现代动力系统如出一辙的技术，并不是别的，而是将物理学与机械力学完美结合的古代发动机。可以想象，这种古代黑

科技，一定启发了后人的发明创造，因为一千八百多年后，推动工业革命的蒸汽机就是这项自动门技术的延伸，两千多年后，绝大部分交通工具的动力系统都是基于相似的原理。可以说，古罗马人绝对不曾预见，自己的聪明才智能为千年之后的当今世界造福。

　　古老的文明得以传承至今，离不开古人远超我们想象的创造力。这些智慧的火种哪怕与我们相隔久远，但那火光终将在我们这些后辈身上照见更好的未来。

第二章 社会生活系列

20　敬授人时

雁塔晨钟在长安回荡了上千年,如今这声声巨响已经成为中国人心中祈福的象征。今天的人们已经很难想象,这种晨钟暮鼓对于古人的生活来说意味着什么。实际上,它所提供的是生活的标准时间,是整个城市生活的节奏。

人在天地间,时间是支配一切的法则。从文明伊始到地老天荒,我们对于这条法则的求知欲从未衰减。只有掌握了时间的规律,才意味着我们掌握了自己的生活。那么,东西方的古老文明究竟为此创造了什么?

在罗马,高耸的方尖石碑随处可见,上面棱角分明的埃及文字,

🐫 方尖碑

方尖碑是古埃及崇拜太阳的纪念碑。在古罗马时期，埃及曾经是罗马帝国的一个行政省。当年的占领者将方尖碑作为战利品据为己有。于是，很多方尖碑被带到罗马。如今，罗马拥有世界上最多的方尖碑，成为"方尖碑之都"。方尖碑一般以整块花岗岩雕成，外形呈尖顶方柱状，碑身刻有象形文字。这种石碑具有纪念和装饰意义。同时，方尖碑的影子投射的长度及方向变化，可以让人们知道大致的时间，因此，方尖碑也可以作为简单的计时工具。

🐫 日晷

日晷，即日晷仪，是中国古代普遍使用的计时仪器。日晷名称中的"日"指"太阳"，"晷"表示"影子"。因此，日晷就是根据日影的位置计时的。日晷通常由铜制的指针和石制的圆盘组成。铜制的指针叫"晷针"，垂直地穿过圆盘中心，石制的圆盘叫"晷面"，在晷面的正反两面刻出12个大格，每个大格代表两个小时。太阳移动时，投向晷面的晷针影子也慢慢地移动，类似现代钟表的指针，以此显示时刻。

第二章 社会生活系列

证明它是古代征服者的收藏品。对于古人的生活来说，它究竟有什么实际作用呢？

方尖碑几乎是罗马广场的标配，能够体现出罗马人的生活细节，也就是他们如何来看时间。当我们通过摄像机，把若干小时的时间浓缩在一瞬间，方尖碑的阴影便画出了自己的轨迹，恰似表盘上行动的时针。而这就是古罗马人赖以推算日常时间的基本方法。巧合的是，中国古人知晓时间的方法，也与此如出一辙。古老的日晷也是依靠投影的方向来描绘时间轨迹的。这套共通的系统就是人类在古代最主要的计时方式——太阳钟。仰仗于此，先祖们在几千年前，就将时间的运动划分开来，形成了西方的二十四小时和东方的十二时辰。

从那时起，人类对于时间的认知完成了第一次飞跃，从白天与黑夜的宽泛概念，精确到了"时"。可以说，这是古人认识世界和掌握自己生活的起点。不过，人类探索的脚步并没有就此停下。在西安的中国科学院国家授时中心，科学家们复原了中国历史上革命性的精密计时仪器。

授时中心专家窦钟介绍说,这架仪器叫水运仪象台,它的原大有12米高,在北宋的时候,这是相当庞大的科学工程,花费大约相当于现在的160亿人民币。要弄明白古人花这么大的力气来计算时间的原因,我们首先要知道这台仪器究竟能干什么。窦钟说:"它是多级漏壶带动一个轮盘来计时,再往上走,那个就叫天文台,可以演示天象,观测天象,中间还有一个很重要的机构,就是擒纵装置。英国的科技史学家李约瑟说,这就是600年之后欧洲钟表的鼻祖。"

通过机械力学来计算时间，再通过观测宇宙来校对时间，这种科学的方法是人类掌握时间的第二次飞跃，开启了精确到"秒"的钟表时代。无论是长安日出而作的农耕文明，还是罗马日落终止交易的商业文明，精确的时间让社会更加高效有序，整齐划一，什么时间做什么事的概念，开始成为全世界人们生活的准则。而今天，时间对于生活的意义又一次发生了变革。授时中心专家张首钢介绍说，未来的基准钟是锶原子光钟。原子在能级之间越迁的时候，要震荡 10 的 14 次方次才算一秒。这台原子钟如果连续运行，能做到三百亿年不差一秒。如今，时间的精度在不断地提高。对于很多行业来说，一秒的时间，影响是很大的，比如说，航天器的测控，差百万分之一秒就是三百米，卫星导航也是通过时间去测量的。

现在，时间科学引领的众多前沿技术，正在不断地改变我们的生活。从历史一路走来，世代人的生活如同在时间的长河中泛舟，而这条时间的河也正是东西方文明几千年的发展脉络。就像古人曾经感叹的那样："日月之行，若出其中，星汉灿烂，若出其里。"

第三章

千年艺苑系列

讲述人　田艺苗

田艺苗，作曲技术理论博士，作家，上海音乐学院作曲系副教授。目前担任《上海壹周》《时代报》《21世纪经济报道》《北京青年周刊》的音乐专栏作家。

21 丝路上的音乐传奇

整个东方的音乐文明,几乎都跟长安这座十三朝古都有关。这里究竟发生过多少故事,又隐藏着哪些不为人知的秘密呢?这座"万城之城"是西方世界音乐文明的发祥地。几千年前,一条丝绸之路连接着长安和罗马这两个文明之都,他们究竟有哪些千丝万缕的联系呢?

琵琶是中国人非常喜欢的民族乐器。唐朝诗人白居易在《琵琶行》中,对琵琶的声音有过这样的描述:"嘈嘈切切错杂弹,大珠小珠落玉盘。"可见,中国人对琵琶的喜爱至少有一千年的历史了。据说在大唐时期,家家户户学习弹奏琵琶,已经成为一种风尚。

琵琶是所有民族乐器里面最难弹奏的,今天,我来探寻关于琵琶的秘密。琵琶演奏家赵静介绍说:"为什么琵琶

第三章 | 千年艺苑系列

难学呢？就是因为它的技法很多。最常用的指法，就是弹挑。"

小小的琵琶，可以描述千军万马的战争场面，也可以诉说一个良辰美景的爱情故事。琵琶被称为中国的民族乐器之王，但很少有人知道，它其实是一种外来的乐器。琵琶源自于中东的弹拨乐器乌德琴，两千多年前经由丝绸之路传入中国。经过长期的演变，中国人将它的表现力发挥到了极致，最终，它成了讲述中国故事的民族乐器。

《唐人宫乐图》

《唐人宫乐图》描绘了唐代宫廷仕女宴乐生活的一个场面。画面桌子的周围,坐着仕女九人,左方立着侍奉的女孩两人,桌上陈列着蔬果、酒具,有的饮酒,有的作乐,女孩立在后面打拍板,有的弹琵琶,有的鼓瑟,有的吹笙,有的吹管子。从人的表情上看,该画作仿佛表现了一支曲子演奏得正浓的一刹那。

琵琶

琵琶是中国的拨弦乐器。琵和琶是两种弹奏手法的名称,琵是右手向前弹,琶是右手向后挑。琵琶既能独奏,又能伴奏和合奏,表现力较为丰富,是中国民族乐队中比较重要的乐器。琵琶在公元前2世纪的秦代就已经出现。公元350年前后,西亚的乌德琴经由印度传入中国,人们把这种乐器与本土琵琶结合起来,对其加以改进,逐渐形成了如今的琵琶。唐代是琵琶发展的高峰,出现了大量的琵琶演奏者和乐曲。

曼陀铃

曼陀铃是弹拨乐器,起源于意大利,是鲁特琴的变体。而鲁特琴的前身,则是源自西亚的乌德琴。曼陀铃最早出现于15世纪的意大利。传统曼陀铃的琴身为梨形,由一整块木头雕刻而成。18世纪中期,那不勒斯出现了现代曼陀铃的雏形。19世纪下半叶,曼陀铃开始向世界各地发展。

第三章 | 千年艺苑系列

因为有了丝绸之路，古老的乌德琴也成了音乐文明传播的种子，向西传入了古罗马时期的意大利，在那里，乌德琴演变成了曼陀铃。在罗马古老的乐器博物馆里，我来寻找琵琶在欧洲的孪生姐妹。全世界最古老的钢琴，不过几百年的时间。钢琴在西方社会流传之前，曼陀铃在意大利已经风靡了近千年。乐器博物馆里，有一把古老的曼陀铃，生产自 1595 年的意大利。它和中国的琵琶同宗同源，同样来自丝绸之路。乌德琴来到罗马之后，得到了浪漫的意大利人的喜爱。意大利人把它变成了自己的乐器。

今天，这里的人们仍然热爱着曼陀铃。在那不勒斯灵与魂制琴工坊，制琴师萨尔瓦多·曼奇尼给我展示了一把 1882 年制作的曼陀铃，上面用了玳瑁，里面还有金线来装饰，很漂亮。至今，意大利人仍然在沿用曼陀铃制作的传统技艺。曼陀铃的结构、形状和演奏技巧，都与中国的琵琶十分相似。但是，曼陀铃不像琵琶那样，用来描述千军万马的故事，

在意大利，表现浪漫是它的专利。曼陀铃的声音清脆悦耳，像这里的小伙子一样，温柔又浪漫。

丝绸之路将一把古老的乌德琴传奇般地变成了一对各具魅力的孪生姐妹。尽管相隔万里，两个不同性格的民族却能用同一种乐器讲述各自的故事。在我看来，这就是文明交融的奇迹。

第三章 | 千年艺苑系列

22　庙堂之声

1970年4月24日,《东方红》这首每个中国人都不会陌生的歌曲,伴随着东方红一号卫星响彻寰宇。这是中华民族第一次在太空中发出的声音,也是古老的西安城每天最早听到的声音。您知道这穿透力如此之强的声音是来自什么乐器吗?

在意大利罗马,每当听到一个声音,我都会有一种莫名的感动。它在亚平宁半岛飘荡了几千年,见证过这个民族的很多重要时刻。这又是什么乐器的声音呢?

在距离西安城仅有30公里的汉武帝墓旁边,我看到了这样一种乐器,中国第一颗人造卫星在太空唱响的那首《东方红》,就是由它演奏的,它叫编钟。编钟是中国最古老的乐器之一。它是庙堂的雅乐正声,是当时的贵族专享的。我平生第一次敲响编钟时,心里一直在想,为什么只有中国人用钟来做乐器?为什么在古代中国,只要编钟的乐声响起,就会有大事发生呢?

🐫 编钟

编钟是中国古代的大型打击乐器，起于夏朝，盛于春秋战国至秦汉时期。编钟由青铜铸成，若干个大小不同的钟，按照音调的高低次序悬挂在木架上，编成一组或几组，用木槌敲打铜钟，可以发出不同的乐音，音色清脆明亮，悠扬动听。1978 年在湖北随州出土的战国曾侯乙编钟，是中国迄今发现数量最多、保存最好、音律最全的一套编钟，代表了先秦礼乐文明与青铜器铸造技术的最高成就。

当我第一次来到罗马，走进它的第一感受就是我被音乐包围了。很多人来罗马都会惊叹于这里的建筑，但在我看来，这些建筑的圆形穹顶就是为音乐而设计的。教堂是罗马最神圣的地方，从古至今，每逢重大仪式，这种恢弘的声音都会在这里鸣响，穿透穹顶，回荡在每一个罗马人的心

第三章 | 千年艺苑系列

管风琴

管风琴是一种大型键盘乐器,靠铜制或木制音管发音。音乐史上第一架管风琴是公元前 250 年由古罗马工程师克特西比乌斯制造的水压式管风琴。此后,管风琴不断改进,体积不断扩大,并被引入教堂。16 至 19 世纪,管风琴在欧洲乐器中占有统治地位,被称为乐器之王。管风琴的结构复杂而又庞大。它几乎可以模仿所有管弦乐器的效果,可以演奏丰富的和声,音域宽广,色彩辉煌,具有磅礴的气势。

中。发出这种声音的乐器叫作管风琴,而穹顶就是它巨大的音箱。两千多年来,罗马人一直认为管风琴是最接近天堂的声音,而我这个外来的人最感兴趣的却是,它小小的琴身怎么会有如此振聋发聩的能量?

在罗马人发明管风琴之前的一千多年里,编钟主宰着中国的秦汉朝堂。在皇帝登基、祭祀先祖这样的国家仪式上,编钟都会闪亮登场。在那个年代,与其说编钟是一种乐器,不如说它是一种礼器更为准确。王公贵族认为,用编钟演奏的音乐,是他们献给上天的祭礼。在没有扩音设备的三千年前,把钟化作乐器,真是中国人独一无二的创举。小钟清脆,大钟浑厚,利用回响将声音尽可能远远地传播,我们不得不佩服中国人在青铜铸造、声学和结构力学方面的高超智慧。

与编钟相比，管风琴更像是个系统工程。为了扩音效果，工匠们将它的发音管与建筑结构巧妙地设计在一起。据说，它的结构比钟表还要精密。同时，它的表现力也非常丰富，有上百种音色，手脚并用的键盘，只有高超的演奏家才能驾驭得了。可以说，管风琴是声学和建筑科学的完美结晶。

浸润在神圣的乐声里，我突然明白，无论古今东西，也无论种族贵贱，与天地沟通，让灵魂升华，是人类亘古不变的心灵追求，而音乐就是上苍赋予我们的最好的表达。

23 传与承

这是一种来自七千年前的乐器，它的名字叫埙。在旷古的乐声中，我仿佛听到了祖先的呼吸，看到了他们狩猎时的场景。这种悠远的乐声，如何从远古穿越而来呢？这一次，我将探访几位音乐人，告诉你音乐文明传承的故事。

怀着好奇，我来到了西安半坡古埙工作坊。在这里，我要看一看古埙是如何诞生的。毕业于西安音乐学院的刘豪，如今已经是古埙制

作技艺的传承人。他告诉我，做埙的泥土来自浐河边，经过河水的冲击之后，泥土变得比较细腻。埙的制作过程中，要修胚、塑型，把它修整光滑，挖孔之后，就会出现音高。最神奇的地方在于，这些工匠没有任何校音器，全凭自己的手感，凭开孔的距离就能知道这个埙是什么调。这是非常神奇的。只有亲自上手，我才体会到远古先民的智慧。他们用火、水和泥土创造了这种独一无二的乐器，真是不可思议。

第三章 | 千年艺苑系列

🐪 埙

埙是中国最古老的吹奏乐器之一，音色幽婉，大约有七千年的历史。埙最早的雏形是狩猎用的石头。古代先民用石头投击猎物时，有些石头上自然形成的空腔，会由于气流的作用而产生哨音。这种哨音启发了先民的灵感，早期的埙就这样产生了。最初的埙大多是用石头和骨头制作的，后来发展成为陶制，以梨形最为普遍。埙的上端有吹口，侧壁开有音孔，春秋时期的埙已有六个音孔，能吹出完整的五声音阶和七声音阶。

这种古籍记载中盛行于长安宫廷的乐器曾失传已久。直20世纪50年代，考古学家在西安半坡原始社会遗址的考古挖掘中，才第一次看到它最初的模样。经过音乐家和工匠的共同努力，古老的埙重获新生。与老一代传承人不同的是，具有专业音乐技能的刘豪，不仅传承制作技艺，还在演奏上潜心研习，用古埙特有的表现力来延续它的艺术生命。

在音乐的殿堂里，有人选择了传承古老的旋律，有人在寻找不一样的声音。

意大利是西方音乐文明的摇篮,从这里唱出去的美声歌曲风靡了整个世界。它吸引着很多热爱歌唱的人远赴重洋来到这里。同样毕业于西安音乐学院的聂红梅,二十多年来一直在这里学习唱歌。

美声唱法究竟有什么样的魅力,让她背井离乡来到这里呢?聂红梅说,她是在20世纪90年代初第一次听到意大利美声唱法的,感觉非常好听,就觉得应该来意大利学习。

美声唱法是意大利人独创的一种歌唱艺术,几百年来风靡世界,经久不衰。要想唱好美声,歌唱者必须具备优美的音质和高超的演唱技巧。聂红梅来到罗马学习的目的,就是要通过系统的训练,掌握意大利人发明的科学的发声法。聂红梅和她的搭档弗朗切斯科·格鲁洛介绍说,美声唱法教授人们用最简单的方式歌唱,而且喉咙不会吃力,

这是非常科学的发声方法。经过多年的系统学习，聂红梅的演唱水平得到了意大利歌坛的认可。如今，她将歌声带回了祖国。在美声唱法来到中国近一个世纪的时间里，正是由于一代代音乐人的传承，这种优美的歌唱艺术才能在中国这片土地上生根发芽。

罗马国立音乐学院院长罗伯特·朱利阿尼说："我认为音乐可以带来和平，同时，它也是不同民族之间对话的工具。这不单单指音乐方面，更是不同地区社会关系的相互理解。"

第三章 | 千年艺苑系列

24 戏台的魔力

西安易俗社,长安的戏台。自从有了秦腔,长安的舞台上就有了秦人的魂。奥斯蒂亚古城遗址,罗马最古老的戏台。古老的歌剧从登上戏台的那一刻起,就开始流淌在意大利人的血液里。千百年来,东西方的戏台上每天都上演着悲欢离合的故事。古老的戏台到底有什么样的魔力,让人们至今对它如此痴迷呢?

在步入国际化的今天,西安城却有着你不了解的另一面。这里到处可以听到古老的秦腔。这种嗓音高亢的戏曲,深受百姓的喜爱。从清晨到夜晚,秦腔在不同的舞台上轮番登场。观众不分男女老少,秦腔成了他们生活中必不可少的存在。在临时搭建的戏台上,51岁的秦腔艺术家齐爱云即将登场,台下上千名戏迷都在期盼。尽管她的戏观众们已经看了很多年,但是,她委婉的唱腔人们还是百听不厌。

秦腔最触动我的,就是它独特的唱腔,这是秦腔的魂。尽管秦腔的唱腔

123

西安易俗社

古罗马戏台

十分丰富，但给人感觉最深刻的，还是它摄人心魄的高腔。西北人豪迈直爽的性格，造就了这种高亢嘹亮的表达方式，让听者感觉酣畅淋漓。

起源于唐代的秦腔，被誉为中国的百戏之祖。据说，唐明皇曾在骊山脚下的华清宫开设梨园，专门教授戏曲歌舞。直到今天，戏曲界的人还自称为梨园子弟。对于陕西人来说，秦腔不只是戏，还是一部史书。十三朝古都，周秦汉唐的故事，一直在戏台上演绎，伴随着耳熟能详的唱腔，唱到了老百姓的心里。

虽然一直以来，歌剧被视为殿堂级的高雅艺术，但是在它的故乡意大利，还有另一种场景。我没想到，在罗马一个普通的小教堂里，也能欣赏到高水平的专业歌剧表演。可见，歌剧已经完全融入到了意大利人的生活里。

意大利人创造的歌剧，最早可以追溯到古罗马时期。古罗马人将文学、舞蹈、交响乐和美声唱法融为一体，把生活中的人物变成了戏台上的角色，用歌唱讲述他们的故事。歌剧里有爱情、背叛、仇恨、忧伤和激情，还有技艺高超的美声唱法。华丽的嗓音点燃了意大利人的热情，感染着每个人的心灵。在意大利，几乎每个城市的中心都有

秦腔

秦腔是流传于中国西北地区的传统戏曲形式。古时陕西、甘肃一带属秦国,所以这种戏曲被称为"秦腔"。秦腔最重要的特点,就是唱、念都以陕西关中方言为基础,同时融入古代词曲的语言。这些语言特点与音乐特点相融合,共同形成了秦腔艺术独特的声腔风格,语调高亢激昂,表演粗犷豪放,生活气息浓厚。

歌剧

歌剧是西方舞台表演艺术,是一种主要以歌唱和音乐来交代和表达剧情的戏剧形式。歌剧最早出现在17世纪的意大利,后传播到欧洲各国。18世纪之前,意大利歌剧一直是欧洲的主流。19世纪初期是美声风格歌剧的高峰期,19世纪中后叶则被誉为歌剧的"黄金时期"。莫扎特、罗西尼、瓦格纳、威尔第、普契尼等,都是最具代表性的歌剧作曲家。

一座歌剧院。从它华丽无比的装饰上，就可以看出人们对歌剧艺术的尊重。在电影电视诞生之前，歌剧院就是人们的造梦工厂。今天，我在这里也体验了一下作为歌剧演员的那份荣光。

如同歌剧一样，秦腔源于生活，又高于生活。扮上戏装，穿上戏服，我才真正体会到秦腔那考究的美。真正折服我的，还是戏台上异彩纷呈的表演。在戏台上驰骋了几十年的齐爱云，至今保持着完美的身段。台上一分钟，台下十年功，对于这些艺术家来说，戏台承载的就是她们的一生。

上天给了罗马人和西安人同样热情直爽的性格，又赋予了他们响彻世界的嗓音，秦腔、歌剧给了我们一个可以参与感知的音乐世界，也赋予了演员们一个个鲜活的戏台生命。

25 一声一世

大唐时代,长安城就飘荡着古琴的声音,千百年来不绝于耳。五百多年前,罗马的街头也像今天一样,荡漾着小提琴的琴声。这两种东西方的古老乐器,从未因岁月而改变,它的背后又有什么奥秘呢?

小提琴是意大利人送给世界的礼物,被称为乐器王国里的女王。做一把好的小提琴,花费的不仅是漫长的时间,还要像制造一台精密仪器一样,需要制琴师的全神贯注。我来到罗马的一家提琴工坊,就是为了探寻关于小提琴的秘密。

虽然这家工坊并不大,但制琴师傅马提亚斯·梅南多的名气却很大,很多名贵的百年老琴正是在他的手中恢复了艺术生命。马提亚斯说:"我给你看一把非常特别的琴。这是一把古中提琴,制造于亚平宁半岛的那不勒斯。能在我们的工坊见到这种乐器非常不容易,因为这种中提琴极其罕见,

第三章 千年艺苑系列

通常只有在博物馆才能见到。杰出的音乐家喜欢演奏这种乐器。"

马提亚斯给我讲了一个故事。三百年前,意大利的制琴大师们制作出一批能发出绝美音色的好琴,但是从那时起,制作提琴的秘密却

129

🐪 小提琴

小提琴的起源可以追溯到两千多年前的埃及乐器里拉,后来,意大利人对其进行了改革。据史料记载,最早的小提琴出现于 16 世纪的意大利。16 到 18 世纪,意大利的小提琴制造业随着音乐艺术的繁荣而得到迅速发展,出现了阿玛蒂、斯特拉第瓦利等杰出名匠。18 世纪以后,世界各国的小提琴都是仿照意大利小提琴的琴型和尺寸来制作的。

🐪 古琴

古琴又称瑶琴、七弦琴,是中国古老的拨弦乐器,有三千多年的历史,在中国古代的音乐文化中占有重要地位。关于琴的最早文字记载见于《诗经》等典籍。古时,琴除用于郊庙祭祀、朝会典礼等雅乐外,也盛行于民间。古琴的声音宁静悠远。几千年来,历代的琴师创编了许多琴曲。这些琴曲已经成为广泛流传的精美作品,具有珍贵的史料价值,如《高山流水》《梅花三弄》《广陵散》《潇湘水云》等。

消失了，直到今天，也很少有人能做出与之相媲美的提琴。二十多年前，酷爱音乐的马提亚斯，为了探寻提琴的奥秘，只身从法国来到小提琴的故乡意大利。他从学徒开始，在学习修复古琴的过程中，通过研究材料、声学结构、涂漆、造型，逐渐揭开了制琴的奥秘。一把把名贵的古琴，经过他的修复，又能够发出它们原本完美的音色。年复一年，他心无旁骛，追求的就是几百年前制琴大师们创造的那种穿透灵魂的乐音。

听着如泣如诉的琴声，我被马提亚斯的经历所感动。这让我联想到了一位远在西安的古琴大师。在古都西安，有一位被称为中国当代斫琴泰斗的人，他的名字叫李明忠。在李明忠的琴声里，我听到了天地、高山和流水。

李明忠和他的女儿正在制作一把被称为"百衲"的古琴。李明忠说，这是若干年前做的琴，是梧桐木的，他们准备把它油漆。

百衲琴是唐代丞相李勉发明的制琴方法。这种方法非常复杂，曾经失传已久。在科技发达的今天，他们为什么还要沿用一千多年前唐代时的手工制琴方法呢？

　　李明忠和他的女儿介绍说，百衲琴这个衲片，就像僧人的衲衣一样，是一片一片接起来的。唐代在制琴上已经达到相当高的艺术水准。李勉创制的百衲用的都是一样大小的木块，在做琴时，要把它们融会在一起。这样做出的琴，声音的张力，还有音声品质的色彩，会更加丰富。中国古代制琴的技艺，在唐代被推向了极致。一把唐代的古琴能弹奏出奇特细腻、清越灵动、余韵悠长的音色。为了能制作出这样的古琴，李明忠用了一生的时间。

　　人之为体，琴之为用，相合相融。制琴师们把乐器当作充满灵性的生命，一生都在守候属于乐器的灵魂，只为留下那最美的声音。

第三章 | 千年艺苑系列

26 跃动的舞步

舞蹈是人类用灵动的身体语言创造的表演艺术。我很好奇，为什么我们中国人用长长的袖子舞了几千年，而意大利人却用脚尖征服了全世界呢？

袖舞早在汉唐时期就开始流行，特别是在唐乐舞中极为常见。我今天来到骊山脚下，听说这里有位姑娘会跳大唐最迷人的《霓裳羽衣舞》。

《霓裳羽衣舞》相传是由唐玄宗作曲、杨贵妃作舞表演的，讲述了皇帝神游月宫见到仙女的神话故事。华丽的宽袍大袖，配合优美的旋转，雍容华贵，别具美感，一位飘飘欲仙的仙女似乎就在眼前，真是太美了。这不禁让我想起白居易的一句诗："千歌万舞不可数，就中最爱霓裳舞。"

中国的袖舞起源于古老的祭祀活动，在汉唐之后发展出两种主要

133

《霓裳羽衣舞》

《霓裳羽衣舞》是唐代的宫廷乐舞，大约形成于公元720年前后，传说由唐玄宗编曲，供道士在太清宫祭献祈祷时使用，堪称唐代歌舞的集大成之作。《霓裳羽衣舞》主要表现仙真在上界的生活情状，有道教神话场景。其舞蹈、音乐以及服饰，都着力描绘虚无缥缈的仙境和舞姿婆娑的仙女形象。

芭蕾

芭蕾是一种欧洲古典舞蹈。作为一门舞台艺术，芭蕾孕育于文艺复兴时期意大利盛大的宴饮娱乐活动，17世纪形成于法国宫廷。这种舞蹈是在欧洲各地民间舞蹈的基础上，经过几个世纪的发展而形成的，有复杂的结构形式和特定的技巧要求。19世纪以后，芭蕾在技巧上的一个重要特征，是女演员表演时要穿特制的足尖舞鞋。

第三章 千年艺苑系列

的袖舞形式，一种是婀娜多姿的纤细长袖，另一种是彰显大气的宽袍广袖。戏曲中的水袖，就是由袖舞发展而来的。就这样，长袖善舞成了中国古典舞最大的特色。可我们的舞蹈为什么要这样表达呢？

地球的另一端，为了探索用脚尖跳舞的秘密，我来到了闻名世界的罗马芭蕾舞团。这里正在排练芭蕾舞剧《睡美人》。

芭蕾艺术孕育于文艺复兴时期的意大利，是一种优雅的宫廷舞。它最重要的特征就是用脚尖点地的方式来舞蹈，所以又称脚尖舞。别看这些姑娘都很年轻，个个练的可都是童子功。古典芭蕾对于脚尖上的基本功要求非常高，想成为一只美丽的小天鹅，必须经过长年累月的苦练。可为什么意大利人要选择用脚尖来表现舞蹈之美呢？

　　夜幕之下，西安华清宫的舞台上，一场视觉盛宴正在上演。实景歌舞剧《长恨歌》演绎了唐明皇和杨贵妃的爱情故事，其中的舞蹈都是按唐乐舞的风格编排的，雍容华贵，飘逸洒脱，尽显大唐气象。随着丝绸之路的繁荣，我们可以看到，唐乐舞还融合了敦煌飞天的舞姿和形象，并吸纳了西域胡旋舞的风格，将舞动的长袖与旋转的舞姿相结合，创造了全新的舞蹈方式。

　　中国的古典舞讲究一个"圆"的动律，用长袖营造了一种无形的神韵和意境。可以说，这种舞蹈风格深受中国传统文化中细腻圆润、刚柔相济的观念影响，无论是外形还是内在神韵，都是与中国传统文化精神相一致的人体语言。

　　西方的古典舞崇尚人体美。人踮起脚尖后，拉伸了人体的延长线，重心提高，就产生了向上升腾、轻盈灵动的效果。这种优美的舞姿尽显优雅高贵的气质和修长的人体之美。所以，尽管芭蕾很难，但全世

界的舞蹈艺术家们还是愿意付出毕生的努力，只为舞台上踮起脚尖的美妙瞬间。

如果说中国古典舞用飘逸的长袖画了一个圆，那么，西方的芭蕾则用脚尖拉伸了人体修长的美感。袖舞与芭蕾，尽现东西方个性鲜明的舞蹈风格，为舞蹈世界贡献了惊鸿一瞥。

27 和谐的乐声

一直以来,我最热爱的就是古典音乐。来到罗马,除了有机会在博物馆里弹奏大师演奏过的钢琴,我还有一个愿望,就是希望能够在这里,在交响乐的故乡,欣赏到意大利人演奏的交响乐。但是,我想看到的不是音乐会,而是希望能够近距离地看到他们排练。

古典音乐和歌剧乐队,罗马的一个交响乐团正在进行演出前的排练。这种严肃的场面,我是头一次看见。让我没有想到的是,这个乐团只有十来个人,演奏的效果却像是一个大型的交响乐团。成功的关键就在于这位指挥,他精准的手势将每一件乐器完美和谐地融进了音乐里。虽然由于语言不通,我只能跟大家打个招呼,没有办法做深入的交流,但是我觉得,音乐可以超越语言,只需要用心听就足够了。

自古以来,意大利人创造的交响乐,一直影响着全世界,它的魅力就在于各个乐器和谐共鸣。交响乐是科学与艺术完美融合的结晶,仿佛就是精密设计的大工程。作曲家对音符和乐器之间的搭配组合要经过严格的计算,整个乐队就像一

交响乐

交响乐泛指由大型管弦乐队演奏的富于交响性的音乐作品及其演奏形式。通常所说的交响音乐包括交响曲、组曲、交响诗、序曲、协奏曲等多种体裁的乐曲。交响乐的名称源于古希腊,在古罗马时期演变成为器乐合奏曲和重奏曲的代称。

中国古代的宫廷乐队

台精密的仪器，不同乐器组成不同的声部，在指挥的统领下，用和声达到完美的统一。

一场排练满足了我的好奇心。乐队完美的演奏，也让我对意大利人创造的交响乐有了新的感受。和谐之声是全人类共同追求的。

其实，中国人早就创造了属于自己的交响乐。早在三千年前的周朝，中国人就用笙箫锣鼓组成了庞大的宫廷乐队。到了唐代，宫廷鼓乐成为国家的正统音乐。它的特点是井然有序，合奏齐鸣，彰显东方的大国风范，表达出中华礼乐文明的和谐之美。从几千年前的周秦汉唐到今天的西安，宫廷鼓乐的乐声从来没有间断。尽管它早已不是当代的主流音乐，但是，这种中国最早的交响乐却一直在民间流传。

第三章 | 千年艺苑系列

唐朝"何家营乐器社"的乐谱

在西安音乐学院的乐器博物馆里，有一套古老的鼓乐器。西安鼓乐有一千多年历史，唐代时已经非常成熟。可以说，西安在唐代已经有了大型的交响乐队。在这里，我们还看到了一个古老的乐谱。这个乐谱，现在大部分人可能都不认识，我也不认识。这是大唐时代的乐谱，上面还写着"何家营乐器社"。

141

西安鼓乐

西安鼓乐，也称长安鼓乐，是流传于西安及周边地区的传统音乐，源于唐代燕乐，后融入宫廷音乐，安史之乱时随宫廷乐师的流亡而传入民间。西安鼓乐是打击乐与吹奏乐混合演奏的乐种，至今仍然保持着相当完整的曲目、谱式、结构、乐器及演奏形式。西安鼓乐乐器有笛、笙、管、鼓、锣等20余种。

今天的西安，何家营鼓乐社依然存在。何家营的音乐已经流传了一千三百年，那么，它是怎样流传下来的呢？何家营鼓乐社社长何忠信告诉我，他们有谱子，口传心授。那些古谱都是从唐代传下来的。在我看来，这不只是古老的乐谱，还是古往今来的共鸣。没想到，何家营鼓乐真是让我大开眼界。这些地地道道的农民竟然用古老的乐器，演奏出了千年前的交响乐。这种鼓乐齐鸣的场景传递出了大唐盛世的景象，表达的是天地万物和谐共生的内涵。

第三章 | 千年艺苑系列

28 踏歌而行

曾经有一位意大利朋友告诉我,无论身在何处,每当他们听到《重归苏莲托》这首拿波里民歌,就仿佛看到了大海的波涛。这首歌优美的旋律牵动着每一个意大利人的心。这首歌我曾经听过很多次。让我不解的是,意大利人为什么会用如此浪漫的旋律来歌唱蓝色的大海呢?来到意大利南部迷人的海滨城市拿波里,我才真正地感受到了这首歌的意境。

拿波里是《重归苏莲托》诞生的地方,这里有明媚的阳光、湛蓝的海洋,还有维苏威火山。歌中所描绘的一切都是意大利人的生活。这是我第一次切身体验意大利民歌的魅力。这里的氛围让我感动,我被当地人的热情深深地感染了。意大利人天生浪漫,性格无拘无束,载歌载舞是他们表达情感的独特方式。三面环海的亚平宁半岛,将意大利人哺育成为海洋民族。实际上,意大利最早的民歌大多是船歌。自古以来,这片港湾就是民歌的摇篮。对大海深深的眷恋,对自然的赞美,是意大利民歌

143

🐪 拿波里民歌——《重归苏莲托》

《重归苏莲托》是一首著名的意大利歌曲，由 G·库尔蒂斯作词，埃尔内斯托·库尔蒂斯作曲。词曲作者是两兄弟。埃尔内斯托·库尔蒂斯 1875 年出生于意大利的那不勒斯，《重归苏莲托》是他的代表作之一。苏莲托是意大利那不勒斯海湾的一个市镇。《重归苏莲托》是橘园工人歌唱故乡、抒发情怀的爱情歌曲。

🐪 陕北民歌

陕北地处黄土高原，是华夏文明的发祥地之一。这里自古战乱不断，人口流动频繁，因此，陕北民歌具有西北地区多民族文化融合的痕迹。陕北民歌主要分为劳动号子、信天游和小调三类。这些传统民歌具有浓烈的方言化音调，是陕北民歌独具特色的重要因素之一。

永远的主题。为了体验船歌的魅力,我第一次坐上了出海的舢板。很快我就发现,荡漾在碧波中纵情歌唱是一种最美的享受。拿波里的船歌让我永生难忘。

相比意大利民歌的唯美、浪漫,中国大西北的民歌就像奔腾的黄河水、苍茫的黄土高原,深沉,高亢。第一次听到《天下黄河九十九道湾》这首陕北民歌,是在我很小的时候。今天,我要拜访当年演唱这首民歌的陕北民歌歌王王向荣,一探陕北民歌的奥秘。

王向荣说,在陕北这块土地上,有了人类,就应该有了民歌。黄河流域是人类最早的发祥地之一,陕北民歌的渊源也是很深的。"因为我们都在陕北这块土地生存,所以,

对于我们来讲，周围的环境有是很大的关系的。"看到黄土高坡，我感到非常震撼。这里有我们的母亲河黄河，陕北民歌就分布在它的周围。一方水土养一方人。在我看来，陕北民歌唱出了农耕文明的社会形态和人们对美好生活的向往。真挚的情感，质朴的表达，体现的其实是陕北人的性格。

今天，在西安的舞台上，陕北民歌以它特有的风貌，讲述着黄土高原的故事。就像蓝色的海洋孕育出意大利民歌一样，黄土地也同样造就了陕北民歌。东西方的民歌共同汇集成人类民歌的海洋，这就是东西方心灵的合唱。

29 高手在民间

漫步在罗马街头，美轮美奂的建筑、雕塑艺术，让我留连忘返。但是，最令我沉醉的，还是热情奔放的街头艺人。他们身上散发出来的魅力，感染着周边的每一个人。这里到处都是民间艺术家的舞台，每个人都沉浸在自己的表演中。他们高超的艺术表现力，丝毫不亚于舞台上的专业演员。这种音乐文化的存在方式是罗马的一道风景。它让我联想到人们常说的一句话：高手在民间。

罗马和西安都是民间艺术的沃土。现代的西安古老又不乏时尚感，这座千年之都焕发着国际之都的魅力。跟罗马一样，西安的民间艺人也让我大开眼界。在这里，我看到了一场特别的演出。如果不是在舞台上看到他们精彩的表演，根本无法想象这些老人家会跟音乐有关。板凳、铃铛成了伴奏乐器，在他们的唱腔里，我感受到了这些民间艺人对这块土地浓烈的感情。他们唱的是什么？这种表演方式又是从哪里来的呢？

西安街头艺术

罗马街头艺术

华阴老腔

华阴老腔起源于明末清初,主要流行于陕西省华阴市,原本为华阴双泉村张家户族的家族戏。老腔是流传范围很小的一个戏曲剧种,以皮影戏的形式进行演出。唱戏人在后台表演时为皮影戏,在前台吼唱就是老腔。华阴老腔声腔高亢,随兴豪迈,追求自在酣畅的感觉,因此,这种表演也被称为黄土高坡上最早的摇滚。

华阴老腔传承人张喜民告诉我,他们的演出在西安比较多一点,国内的各个省份,他们基本上都去过了。2000 年以后,他们还去了澳大利亚、新加坡,还去了台湾、香港和澳门。这个乐队里面没有年轻人,年龄最小的 65 岁,但是他们的演奏和演唱都是非常有力量的。

皮影戏

巍峨险峻的西岳华山是中华文明的发祥地之一，它的脚下就是华阴县。华阴县双泉村是老腔的发源地。第一次踏上这片土地，我就感受到了这里的豪迈和厚重。这也让我对诞生在这里的老腔越发感到好奇。

原来，这些老艺人都是种田的农民。他们淳朴的表演就来源于这片土地。这些老艺人们并不识谱，他们的技艺来自一代代的口传心授。在陕西民间，这种技艺已经流传了上千年。

老腔艺人们的舞台，其实是流传了两千多年的皮影戏。现在我才发现，原来，老腔的唱腔和我看到的皮影戏里的唱腔是一模一样的。在漫长的岁月里，在民间社会，皮影戏就像现在的电影一样，很受人们欢迎。历史故事被皮影艺人们描绘得惟妙惟肖，而老腔艺人就在幕后，用各种方法，绘声绘色地制造效果。戏曲里的唱念做打变成了华阴老腔讲述故事的特殊手法。

今天，从幕后走到前台的老腔，被人们称为黄土地上的摇滚。这些来自民间的艺术家们，用他们高超的技艺，让人们看到了一个不一样的世界。

30 寻找《图兰朵》

《茉莉花》这首民歌在中国家喻户晓。一百年前，意大利作曲家普契尼根据这首中国民歌，创作了一部堪称世纪经典的歌剧《图兰朵》。从此，《茉莉花》被唱响全球，经久不衰。

普契尼是20世纪最伟大的作曲家之一，他的代表作《图兰朵》不仅深受西方观众的喜爱，对于中国观众来说，也是耳熟能详。一直以来，我对普契尼的故事非常好奇。这位作曲家一生从未来过中国，却为什么用歌剧给全世界讲了一个中国的故事呢？

为了解开这个谜，我来到了普契尼的故乡卢卡。这座只有八万人的小城，每年却有八十万人来到这里，像我一样探访偶像。卢卡市市长亚历山德罗·坦柏利尼说："普契尼是卢卡辉煌历史上最重要的元素，所以，他也是我们城市的一张名片。"在普契尼的故居，我不仅看到了他的手稿，也看到了1926年《图兰朵》首演时公主穿的戏服。这件充满着浓郁中国情调的拖地长裙，在近百年后的今天看来，也是一件精致的艺术品。

1926年《图兰朵》首演时公主穿的戏服

2005年5月28日晚,由张艺谋导演的歌剧《图兰朵》在法国巴黎法兰西体育场上演。

《图兰朵》

歌剧《图兰朵》是意大利作曲家普契尼根据童话剧改编的三幕歌剧,创作于1924年,是普契尼一生中最后一部作品。《图兰朵》讲述的是中国元代的一位公主图兰朵复仇的故事。作品带有神秘的东方元素,音乐优美,情节跌宕起伏,舞台表演也非常有仪式感。在这部歌剧中,普契尼采用了中国民歌《茉莉花》的旋律作为音乐主题,使得作品充满异国情调,具有强烈的震撼力。

《茉莉花》

《茉莉花》是一首著名的中国民歌，最早的曲谱见于清代道光年间。《茉莉花》很早就流传到了海外。18世纪末，英国人约翰·巴罗记录了《茉莉花》的歌词和乐谱，使得这首歌在西方得以传唱。如今，《茉莉花》已经成为中国文化的代表元素之一。

让我疑惑的是，普契尼一生的大部分时间都生活在这座小城。近百年前，万里之遥的中国民歌《茉莉花》，究竟怎样走进了他的世界呢？在普契尼的出生地，我找到了一个让人意想不到的答案。

一天，一位从中国归来的朋友送给普契尼一个八音盒。第一次听到《茉莉花》的旋律，普契尼立刻对神秘的中国产生了浓厚的兴趣。

正是这段优美的中国旋律，催生了一部伟大歌剧的诞生。虽然普契尼从未到过中国，但是，法国作家德拉克洛瓦笔下的《一千零一日》中的东方故事，开启了他对古老中国的无限遐想。于是，故事里的中国公主图兰朵，变成了歌剧中的主人公，《茉莉花》也成为歌剧的主旋律。根据《茉莉花》改编的曲调，在整部歌剧中反复出现了五次，将故事逐渐推向高潮。在普契尼想象的这个中国故事里，一位前来求婚的异国王子，爱上了高傲的公主图兰朵。最终，王子冲破重重险阻，用智慧和爱赢得了公主的心。

卢卡市政百合剧院这座有着两百多年历史的歌剧院，曾经是普契尼的第二个家。当年，普契尼总是在这个看台上观看他的歌剧排练。遗憾的是，就在这部倾注了普契尼毕生心血的《图兰朵》即将完成之际，他却因病去世了。普契尼最终并没有看到《图兰朵》的上演，但是，他旷世的音乐才华，用一首中国的《茉莉花》成就了中国和意大利的音乐传奇。而剧中的咏叹调《今夜无人入睡》也被全世界的歌唱家奉为经典，久唱不衰。

如今，歌剧《图兰朵》中《茉莉花》的旋律在中国也已经深入人心。每当我唱起这首歌，就会想起这段令人难忘的意大利音乐之旅。

第四章

丝路商贸系列

讲述人　何茂春

何茂春，清华大学社科学院国际关系学系教授、清华大学经济外交研究中心主任、博士生导师、国务院参事，曾参加录制 CCTV-1 综合频道《开讲啦》，著有《中国外交通史》《中国入世承诺要点及政策法规调整》等著作。

31 沟通中西的千年传奇

当东方的第一缕曙光照亮古都长安的时候，西方的罗马正长夜未央。这两座人类历史上最耀眼的东西方文明之城，远隔半个地球，相距万水千山。但不知从何时起，他们各自的历史中总能发现来自对方的蛛丝马迹。在罗马人身上，我们能看到来自长安的丝绸，而在长安人的生活中，也能发现来自罗马的玻璃。这冥冥之中的联系，总是让我们无比好奇。究竟是什么样的力量，驱使着它们跨越距离的鸿沟，冲破时间的间隔，去实现彼此的相遇？

西安大唐西市博物馆。"万里之行，始于足下"。当先祖们那一颗探索世界的心开始萌动的时候，他们的第一步就是从这里迈出去的。这里是丝绸之路的起点，今天我们在这里的地面上还能够看到非常深的沟槽，这就是当年留下来的车辙的印迹。

这条路，张骞走了18年，班超[1]、甘英[2]走了30年。以长安为原点，

---

1 班超（32年—102年），东汉（25年—220年）时期著名军事家、外交家。公元73年，班超奉命出使西域，在三十一年的时间里，收复了西域五十多个国家，为西域的回归做出了巨大贡献。

2 甘英为班超的属吏，随班超转战于西域。公元97年，甘英受遣使大秦（罗马帝国），至条支国西海（今波斯湾）受阻返回。甘英为汉朝最早到此地的使者。

第四章 丝路商贸系列

🐫 敦煌莫高窟壁画《张骞出使西域图》

张骞（？—前114）是中国汉代的外交家、探险家，也是丝绸之路的开拓者。建元二年（前139），张骞奉汉武帝之命，率领一百多名随行人员，由长安出发，由匈奴人做向导，出使西域，历时十三年，打通了汉朝通往西域的南北道路。这条路就是后来赫赫有名的丝绸之路。元狩四年（前119年），张骞率随员第二次出使西域。张骞两次出使西域，增进了汉朝对西域各国的了解，建立了汉朝与西域友好的政治与商贸关系。

跨越中亚、西亚、中东、南欧，直抵地中海，他们朝着心中所期盼的目的地不断地前行，那就是传说中西方世界的中心——罗马。

意大利奥斯蒂亚。这个港口是欧亚两大文明的交汇地，也是陆上丝绸之路和海上丝绸之路的一个交汇地。从西方出发，以马可·波罗为代表的一代代探险者们，也同东方的使者们一样，满怀憧憬，前赴后继，向着心中的彼岸而来。

我用了13年的时间，走完了丝绸之路的六条走廊和海上丝绸之路。哪怕是在今天，这条横跨欧亚的路仍然是满布艰难险阻的。

几千年来，好奇心驱使着人们去探索这条沟通东西的道路。但是，当道路已经打通，未知变成了已知，在这条难于上青天的路上，人们跋涉的脚步却从未停止。在这背后，驱使人们前行的究竟是什么样的力量呢？越是在平凡之处，这种力量就越能显现出它深刻的影响。它是延续了千年的传奇，而且它就掌握在我们每一个人的手中。

我们熟悉的番茄，从名字就可以知道它来自国外。现在我们说的黄瓜，也曾被称为胡瓜。今天常见的这些蔬菜，看来看去都不是原产于中国的，那么中国原产的蔬菜在哪里呢？我们可以看看萝卜、白菜，这些

第四章 丝路商贸系列

都是原产于中国的蔬菜。可以想象，如果没有那么多丰富的外来食品，我们的食物将会多么寡淡。

意大利的土壤和气候特别适合生产水果，比如说哈密瓜，还有西瓜，可是，这些水果并

不是原产于意大利的。原产于意大利的水果可能是葡萄，所以，在没有丝绸之路之前，不管是东方还是西方，人们的食物都是非常单调的。试想，当我们的祖先第一次看到黄瓜、番茄的时候，如果从来没有人去买，那么这些食物就根本不会出现在我们当今的生活中。没错，那个小到改变了我们餐桌的菜品，大到改变了世界的模样，让长安和罗

161

马紧紧相连的,就是我们每个人在一买一卖之中所发挥出的商业的巨大力量。

正是商业为东方带来了棉花土豆,让古人严冬足以御寒,旱涝皆可保收;正是商业为西方送去了造纸印刷,让科学穿越中世纪的战火而重生,开枝散叶般地传播至今;也正是商业将丝路编织成了一张包罗万象的巨大网络,让世界不断地互联互通,让文明不断地互鉴交融。

从长安到罗马,东来西往的古代贸易,永远藏着太多的秘密。长安的丝绸为何在罗马贵比黄金?罗马的金币来到长安又当如何使用?众多不为人知的细节,都能在这两座古城中找到线索。现在,它们将在我的探索中再次相遇。围绕着千百年来的商贸故事,让我们来一同聆听长安和罗马讲述它们之间的永恒传奇。

第四章 | 丝路商贸系列

32　探秘天虫

每次来到罗马，我都倍感亲切，因为这里随处都可以见到精美的丝绸。但是两千多年前，同样生活在这里的罗马人，穿的却是粗糙的麻布。当他们第一次见到华丽、柔软、飘逸的中国丝绸时，震惊不已。他们纷纷猜想，这种纺织品的原料究竟是什么呢？当时流行着一种奇特的说法，因为神奇的东方天气炎热，树上长出了羊毛，丝绸就是用树上的羊毛织成的。然而他们做梦也没有想到，创造这一切的，居然是一条小小的虫子。

陕西历史博物馆就收藏着这样一只改变世界的虫子。这里的一只鎏金铜蚕，恐怕是博物馆中最小的文物了，还不及我的小拇指大，但它在人类文明史上却有着举足轻重的地位。这是丝绸之路历史上顶尖级的宝物。这只金蚕出自汉代，据推断是当时朝廷赏赐给养蚕大户的奖品。

丝绸之路最大的贡献者莫过于丝绸。由于蚕给人们带来了非常精美的丝绸，所以古人把它奉为天虫。我一直在琢磨，这只小小的天虫

🐫 鎏金铜蚕

鎏金铜蚕是汉代铜器，1984年出土于陕西石泉县前池河。铜蚕高5.6厘米，腹围1.9厘米，全身首尾共计九个腹节，蚕体饱满完整，体态为仰头或吐丝状，制作精致，造型逼真。石泉县自古养蚕业就很兴盛。鎏金铜蚕的出土，将这里养蚕的历史推到了汉代。汉代的丝织品已经行销中亚和欧洲。这件鎏金铜蚕，可以说是丝绸之路经济文化交流的标志，集中体现了中国古代养蚕缫丝技术的成就以及丝织品贸易的重要地位。

🐫 嫘祖

是如何改变世界的呢？

　　蚕曾经是中国独有的物种，原产自黄河和长江流域。在丝绸之路开通之前，全世界除了中国以外，谁都不知道它的存在。中国人养蚕的历史，可以追溯到上古时代。相传，黄帝之妻嫘祖发现了天虫的秘密。

嫘祖，中国远古时期人物。为西陵氏之女，轩辕黄帝的元妃。她发明了种桑养蚕之法，抽丝编绢之术，史称嫘祖始蚕。

蚕是一种非常神奇的动物，短暂的一生要经历数次蜕变。它最神奇的能力就是吐丝。其实自然界中有很多物种也可以吐丝，比如蜘蛛，但蜘蛛并不适合人工驯养。而性情温顺的蚕，只需要以桑叶为食，就能够吐出蚕丝，于是逐渐被人工驯化成了家养的物种。一只家蚕的吐

丝长度可达两三千米。春蚕吐丝，是一个神奇的过程，被称为"作茧自缚"。

蚕丝是自然界中最轻最细的天然纤维，韧性极佳，是天然纺织原料当中的极品。那么，蚕丝究竟是如何幻化成丝绸的呢？我们的祖先早就给出了答案。

丝绸是中华民族发明的，至少有几千年的历史，比文字的历史还要早。在商代的甲骨文中，已经出现了"桑蚕丝帛"等字样，这说明，三千多年前，古人种桑养蚕、抽丝编绢的技术已经很成熟了。其中缫丝是最关键的工序。

古人发现，用热水将蚕茧煮到膨胀，茧和丝会逐渐剥离，这样就可以抽丝。蚕丝非常细，所以要将几缕合成一股丝线。整理好的生丝，再经过织造、染整等复杂的工序，光鲜亮丽、精美绝伦的丝绸就诞生了。

华美的丝绸是中国的第一张名片，西方人因此而知晓了一个神秘的东方国度。尽管他们不知道天虫的秘密，但他们将这个国度命名为"赛里斯"，意思就是"产丝之国"，这也是西方世界对中国最早的称呼。

神奇的天虫就像是上天赐给人类的一件礼物。我们的祖先用天虫的生命精华，织就出了一张联通东西方文明的互联网。小小的天虫，不仅改写了人类服饰的历史，也让西方认识了中国，还掀起了一场席卷全球的商业飓风。

33 古罗马的奢侈品

罗马,丝绸之路的终点,也可以说是丝绸的第二故乡。我走进了一家大型的丝绸批发市场,想亲身体验一下丝绸对罗马的影响。这里的丝绸种类丰富,据说意大利知名的服饰品牌都在这里批发衣料。可见,直到今天,古老的丝绸仍然是罗马时尚圈里的宠儿。

🐪 丝绸

丝绸是用蚕丝或其他纤维织成的纺织品的总称。在古代,丝绸主要是指用桑蚕丝织造的纺织品,因其华贵与舒适而备受青睐。在中国上古神话传说中,黄帝的妻子嫘祖发明了养蚕取丝。根据考古学的发现与推测,在距今五六千年前的新石器时期中期,中国人就已经开始养蚕、取丝、织绸。在古代,丝织技术曾被中国垄断数百年。从西汉起,中国的丝绸就不断地运往国外,从中国前往西方的通道,也由此被称为"丝绸之路"。

第四章 丝路商贸系列

这些如今已经司空见惯、价格亲民的丝绸，在古罗马时代可是贵比黄金的奢侈品。那么，丝绸在古罗马为什么如此昂贵，它又掀起过怎样的风潮呢？

1963 年，由伊丽莎白·泰勒主演的影片《埃及艳后》上映。电影中，泰勒换了 65 套戏服，其中有许多件丝绸长裙。这些裙装衬托着女王的高贵和美艳。在真实的历史中，这位传奇的埃及女王，还有古罗马的独裁官恺撒，都是中国丝绸最早的追捧者。有了这两位重量级的形象大使，丝绸迅速地风靡了整个欧洲。

罗马图拉真市场遗址。看规模，当时这里应当是大型的百货商场，不知道在这里的一间间商铺中，能不能发现一些关于丝绸的蛛丝马迹。

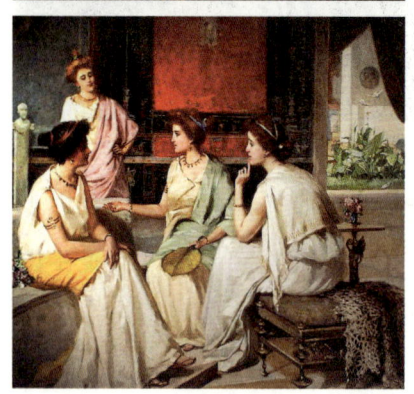

一些残缺的雕塑上，服饰的褶皱很细腻，说不定就是丝绸面料做的。那些人会是当年的时装模特吗？在很多古罗马的壁画和神像上，我也发现了丝绸的痕迹。神穿的衣服，面料当然要金贵。据记载，当时在罗马，一磅丝绸能卖到12两黄金，而一磅的重量还不到现在的500克，也就是说，当时的丝绸比黄金还要贵。那么，为什么丝绸在古罗马会

如此昂贵呢？它在长安又是什么价格呢？

在杭州的中国丝绸博物馆里，我们还能看到千年之前的丝绸文物。当时发达的纺织业，使丝绸在长安的价格一直相对合理。汉朝时，在长安城里买一匹丝绸，

400文铜钱就够了，还不到一两白银，而到了罗马，这个价格就翻了近百倍。这个巨大的差价究竟是怎么产生的呢？在西安的大唐西市博物馆，一面有趣的墙为我揭开了这个秘密。

丝绸卖到欧洲，价格为什么会那么贵呢？这是因为漫长的距离，还有中间商人。在博物馆的雕像墙上，我们可以看到来自中亚、西亚

的很多民族，包括粟特人、大月氏人、波斯人、阿拉伯人、突厥人、犹太人。这些胡商精通商业规矩，也精通讨价还价，他们的生意，就是赚取中间的差价。

与我们想象的不同，古丝绸之路上的商人并不是沿着这条路从头走到尾的，而是各走一段，中转倒卖。这条万里之遥的路，让这些国际"倒爷"们赚了个盆满钵满。在长安一两白银一匹的丝绸，经过了各国在中间层层加价，运到罗马之后，罗马帝国还要加收各种关税，这就是丝绸变黄金的过程，这也是丝绸让丝绸之路沿线各国共同富裕的过程。

不过，古罗马人对丝绸的疯狂迷恋和过度消费，也导致了黄金的大量流失。据古罗马学者普林尼统计，当时的罗马帝国每年要付出五吨以上的黄金，从中国等地区进口丝绸等商品。在这样的社会背景下，古罗马元老院曾数次颁布禁止穿着丝绸服装的法令，结果却屡禁不止。这就迫使罗马帝国必须做两件事：一是寻求中国丝绸的定价权，二是确保丝绸的稳定供应。

丝绸以它无与伦比的魅力，一直是丝绸之路上最抢手的商品，因此，从长安到罗马之间的这条商路，才以"丝绸"命名。

第四章 | 丝路商贸系列

34 传丝之旅

他是长安最有名的人物之一，一千三百多年前，他风雨兼程，沿着丝绸之路一直向西，去印度求取佛经。这个人就是唐僧。后人根据他的故事，著述了闻名世界的名著《西游记》，但真实的《西游记》是由他自己撰写的。

在西北政法大学图书馆，我查阅了唐代玄奘法师著述的那本真实的西游记——《大唐西域记》。书中记载说，玄奘在西行的路上，走到了一个名为瞿萨旦那国的地方。在这个西域小国，他无意间发现了蚕种西传的秘密。玄奘到了西域以后，发现当地有一个国家有丝绸，而且它的生产技术跟中国一样。玄奘问当地人，桑树的种子和蚕卵是怎么带到这个国家的，当地人说，有一个中国公主远嫁西域，然后，她把种子和桑种藏在了什么地方，把这些带过去了。

书中记载的瞿萨旦那国，又名于阗，也就是今天的新疆和田一带。关于这个故事的准确性，英国探险家斯坦因1900年在和田考古时，寻

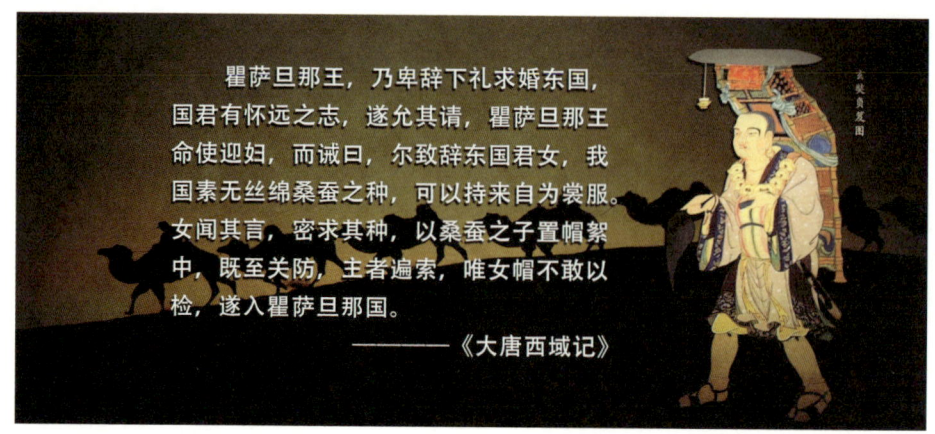

瞿萨旦那王,乃卑辞下礼求婚东国,国君有怀远之志,遂允其请,瞿萨旦那王命使迎妇,而诫曰:尔致辞东国君女,我国素无丝绵桑蚕之种,可以持来自为裳服。女闻其言,密求其种,以桑蚕之子置帽絮中,既至关防,主者遍索,唯女帽不敢以检,遂入瞿萨旦那国。
——《大唐西域记》

玄奘

玄奘(602—664)是唐代著名高僧,后世俗称"唐僧"。玄奘本名陈祎,10岁出家。贞观三年(629),玄奘西行五万里,赴天竺探究佛教学说,后游学天竺各地,前后17年。归来后,长期从事佛经翻译工作,并与弟子共同完成12卷《大唐西域记》,记录了玄奘从长安出发西行游历西域的所见所闻以及西游国家的山川、物产与习俗。

传丝公主

20世纪初,英国探险家斯坦因在中国新疆境内考古时,在和田地区发现了一块"传丝公主"画版。画版上面有一个头戴王冠的公主,旁边的一个侍女手指公主的帽子,似乎在暗示帽子里隐藏的秘密。据玄奘的《大唐西域记》记载,这位唐代公主应当是将养蚕技术介绍到西域的第一个人。唐代严禁蚕种出口,据说公主出嫁时,把蚕种藏在帽子里带了出去。这个传说由来已久,斯坦因发现的传丝公主画板,与玄奘的记载恰好不谋而合。

找到了一件珍贵的物证。在和田发现的一块木版画，被公认为是蚕种西传的最有力的证据。画面中间，尊贵公主头戴华丽的桂冠，她左侧的侍女手指公主的头饰，暗示出头饰里面隐藏着重大的秘密。旁边装满蚕茧的篮子和身后两位忙碌的织工，生动地向人们诉说了这段有趣的历史。这幅版画印证了《大唐西域记》中的记载。书中描述，东国公主在两国和亲出嫁时，把蚕种藏在帽冠里，带入西域。此后，养蚕织绸的技术就在西域传开了，这就是历史上著名的传丝公主的故事。

真实的《西游记》为我们揭开了一段传奇的历史。丝绸之路开通后，随着频繁的商贸往来，各国优秀先进的文化和技术也在不断地互学互鉴，但丝绸的最大消费国罗马，却迟迟没能掌握养蚕织绸的技术，这其中有怎样的原因呢？

在西安的陕西历史博物馆，可以看到一千多年前唐朝时的丝绸残片，尽管当时丝绸工艺已经外传，但中国制造的丝绸仍然是丝绸之路上的王牌商品。

丝绸残片 唐 陕西历史博物馆

  纺织业是唐朝的支柱产业之一，从种桑、采桑、到抽丝，一直到织造和印染，形成了一个完整的产业链，所以，丝绸在唐朝的成本是很低的。因此，在进出口贸易当中，唐朝丝绸具有不可替代的优势。

  成熟的丝织产业链使大唐的丝绸物美价廉，一直在国际贸易中占有不可撼动的货源地位。在长安与罗马之间，波斯帝国的地理位置正好横在中间。作为东西方贸易中最赚钱的中间商，他们为保护自己的代理权，严守丝绸织造技术的秘密，并想方设法阻止两国直接做生意，由此引发了罗马帝国与波斯帝国的多次战争。直到公元6世纪，东罗马帝国才最终摆脱了波斯的阻碍，在几位印度僧侣的帮助之下，从中国带回了蚕卵。从此，东罗马终于能够自产丝绸了。

第四章 丝路商贸系列

🐫 《捣练图》

宋徽宗摹唐代张萱《捣练图》,现藏美国波士顿美术博物馆。此图表现贵族妇女捣练缝衣的工作场面。"练"是一种丝织品,刚刚织成时质地坚硬,必须经过沸煮、漂白,再用杵捣,才能变得柔软洁白。

工业革命后,意大利成为欧洲丝绸工业的中心,并逐渐发展成为世界上丝绸织造技术最为先进的国家。

在今天的西安,一场特别的时装秀向人们展现着穿越古今、连接东西的传丝之旅。虽然丝绸的织造技术在周游世界的旅途中历经千辛万苦,但最终还是如荀子在《蚕赋》中所说,"屡化如神,功被天下"。

34　买卖东西

自古以来,我们购物时都会说买东西,为什么不说买南北呢?来到西安,我听到一种说法,"东西"一词的由来就藏在这座长安城里。

唐代的长安城有东西两座大型市场,人们购物要么去东市,要么去西市,久而久之,原本代表方位的"东西"就变成了货物的代名词。

在今天西安城的劳动南路一带,人们还能看到一千多年前的大唐西市遗址。这里曾经是世界上最大的国际贸易中心。如今,这里被定为丝绸之路的起点。

西市十字街北侧有一座石板桥的遗址。这个桥见证了当时大唐西市的繁华,今天在这里还可以看到当年留下来的车辙印迹。这里曾经挖掘出了很多文物,有秤,算珠,还有各个国家的古钱币,数量非常多,可见当时的交易量是非常可观的,难

第四章 | 丝路商贸系列

怪西市又被称为金市。这个号称全球最大的市场到底有多大呢？据记载，西市当时占地约107公顷，相当于130多个足球场的大小，固定商铺就有4万多家，这还没有算上那些摆小摊儿的。随便哪条小街都有三四百家店，大到卖牲口的马行，小到卖香料的小店，还有文人最爱光顾的酒肆、茶馆等等。据说市场内有二百多个行当，包括卖丝绸的大绢行，卖粮食的米面行，还有珠宝、瓷器、书店、药铺等等。有人说，在这里卖粥都能发财，因为它太繁华了。

🐫 **大唐西市**

唐代的商业文化非常发达。当时的长安城,有东西两大市场。东市是国内市场,西市是国际市场。西市位于长安城西南,始建于隋,兴盛于唐。市场占地 1600 亩,建筑面积 100 多万平方米,是当时规模最大的国际贸易市场。

西市比东市更靠近出入外国客商的开远门,所以吸引着众多外商来淘金。这里胡风洋货盛行,国际贸易十分兴隆。在这里,几乎可以买到来自全世界的商品。西市是当时世界上最繁华的地方之一,外国人把他们的皮草、珠宝、香料等特产带到中国,在中国购买丝绸、瓷器、茶叶等等。这是当时世界重要的商品批发地、集散地,也是一个大的物流中心。

地球的另一端,罗马的西市在哪里呢?

罗马城依台伯河而建,河水向南奔流 50 公里后入地中海。河流的

第四章 丝路商贸系列

🐫 奥斯蒂亚古城

奥斯蒂亚位于台伯河的入海口，曾经是古罗马重要的军事和贸易中心。公元前7世纪，罗马在这里设立前哨站，公元前350年左右建起城堡，驻扎军队，这里也逐渐形成一个城镇。公元4世纪后，罗马帝国没落。公元5世纪，居住在奥斯蒂亚的人由于异族入侵及疟疾爆发而举城迁徙，奥斯蒂亚由此开始衰落。后来，整座城市被河流的淤泥掩埋。如今，奥斯蒂亚成为仅次于庞贝的保存完好的古罗马城镇遗址。

入海口是罗马输入和输出物资的重要大门，也是丝绸之路的西方终点站。这里有一座专门为军事和贸易而兴建的奥斯蒂亚城。在古城的遗迹中，我们发现了当年海滨市场的遗址。这个市场建在城中大剧院的对面，处在绝对的黄金地段，方形的回廊依次建成比邻的商铺，一家挨着一家，非常密集。现在，这里只保存下来一些基础的遗址，不过还好，我们可以用电脑合成技术复原当时的场景。

在这些商铺前方的地面上，今天依然能够清晰地看到每家商铺用马赛克制作的各式各样的图案，这应当算是世界上最早的商业广告了。

这里还可以看到一个著名的万字符。这个万字符来自于印度教。当时这里可能有很多香料从印度那边转运过来，而印度地区作为罗马与中国中介的地方，也有很多商船从广东南部到达印度，然后再把货物从印度转运到这里来。

围着这些商铺兜兜转转，我发现，当年鼎盛兴隆的市场如今已成断壁残垣。历史明明近在眼前，繁华却远在天边。难道千年前的商业繁荣已经黯然落幕了吗？

我带着思虑再次走进西安和罗马这两座古城的街巷之中，浓浓的商业气息总是扑面而来。吆喝叫卖，车水马龙，千百年来，似乎一切都在变，一切也都没变，这或许就是商业文明带来的生生不息。

36 管理的智慧

西市有一面大鼓，这个鼓是干什么用的呢？原来这叫开市鼓。每天正午，伴随着三百声浑厚的鼓音，大唐西市正式开门营业。顿时，这里喧嚣声四起。平民小贩，中外客商，鱼龙混杂，熙熙攘攘。在商贸繁荣的背后，我一直在研究，究竟是什么样的制度，才能将如此大规模的市场管理得井井有条呢？

唐朝对市场的管理首先是统摄在城市管理之中的。长安城看起来就是一个四四方方的大盒子，非常整齐美观。在整体的城市设计当中，长安城内的市场是被单独规划出来的，东西市场对称分布，而且实行严格的居民区和商务区分离的政策。除了东西两个市场外，城里其他任何地方都不能做生意，所有买卖必须入市交易。这既保证了市场集中有序管理，又维护了城市的整洁和规范。西市的布局也是一样规整，长方形的市场用井字形的街道划分成九宫格，各行各业分类清晰，杂而不乱，这就是井井有条，井然有序。

在完备的硬件设施基础上，设置完善的工商管理机构更为关键。唐朝在太府寺下面设有三个署衙，第一个是西市署，第二是平准署，第三是常平署。西市署管理整个市场，这是地方行政机构，除了市场，也管人。平准署是负责管理市场秩序的，相当于工商管理机构。常平署负责管理仓储运输，是古代的物流管理机构。西市这些管理市场的职能部门直接隶属中央，这些官员都相当于国家公务员，而且，据说当时的市场管理制度是上升到国家法律层面的，不守市场规矩就是犯法。

为了查阅当时市场管理的相关法律，我特意来到西北政法大学，翻阅了古本《唐律疏议》。没想到，这部大唐的律法当中，关于商贸管理的法律条款竟然制定得如此翔实。按照当时的规定，缺斤短两，

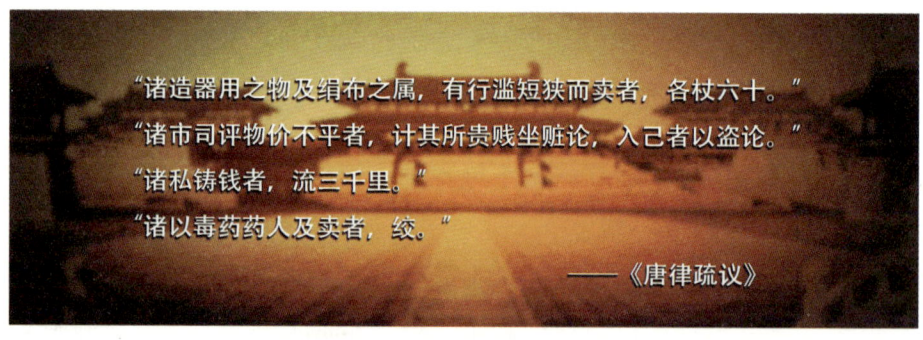

"诸造器用之物及绢布之属，有行滥短狭而卖者，各杖六十。"
"诸市司评物价不平者，计其所贵贱坐赃论，入己者以盗论。"
"诸私铸钱者，流三千里。"
"诸以毒药药人及卖者，绞。"
——《唐律疏议》

🐫 《唐律疏议》

《唐律疏议》又名《永徽律疏》，是唐高宗永徽年间完成的一部法典，也是研究唐代历史以及东亚古代法制的重要著作。《唐律疏议》是唐朝刑律及其疏注的合编，总结了汉魏晋以来立法和注律的经验，是中国现存最古老、最完整的封建刑事法典，共三十卷。

质量达不到标准，哄抬物价，欺行霸市，这些都要受到惩处。造假币，伪造文书，伪造通牒，要受到更加严厉的制裁。目前我能看到的最低处罚，也是要打六十棍杖。这六十杖打下去的话，可是会要命的。

严格的市场管理制度，保障了大唐西市长久的繁荣与稳定。诚信规范的经营，使西市在国际上获得了良好的口碑，吸引了更多的外国客商。可以说，依法治市是唐朝经济发达、商贸空前繁荣的制胜法宝。

罗马至今保存着世界上最早的购物中心。图拉真市场修建于公元100年至公元110年期间，已经快两千岁了。走近这座豪华古老的大卖场，似乎还能感受到古罗马的商业盛况。

🐪 图拉真市场

图拉真市场位于意大利罗马城内,是古罗马重要的文化遗迹,修建于公元100年至110年期间。图拉真市场被认为是世界上最古老的集市。它是一座半圆形的三层建筑,可以容纳数百家商店,贩卖的商品从油和蔬菜到鲜花、丝绸和香料,应有尽有。这栋建筑折射出罗马帝国普通人的生活状态。直到20世纪初,这里依然是罗马人城市生活的中心。

与大唐西市由国家机构管理的方式不同，古罗马的商业多半是由同业行会来管理的。所谓同业行会，就是由同一行业的个体工商业者组织而成的社会团体，负责本行业的所有内部事务，解决矛盾纠纷，防止恶性竞争，履行国家工商管理法规。这

种互助自治的政策使得古罗马的商业显得更为自由灵活。当然，重要的民生商品，比如盐、橄榄油、葡萄酒、烟草等等，都必须由国家指定的部门或者商户专卖销售，而且价格由国家宏观调控。在古罗马法中，有一条经济重罪叫"妨碍粮食供应"罪，如果有人哄抬物价、囤积倒卖粮食，可能会被判处死刑。

没有规矩，不成方圆。从商贸管理的制度而言，无论是长安的规范严格，还是罗马的自由灵活，都体现了古人的商业智慧。正是这些各具特色的商业智慧，成就了东西两大商业帝国。直到今天，这些制度仍然熠熠生辉，照亮着人类商业文明前行的脚步。

37 不同的钱

如果可以穿越回唐朝，酷爱旅行的我一定会把繁华的长安城转个遍。当然，大唐西市是必去的购物圣地，买些本土特产的丝绸瓷器，买些罗马进口的琉璃玛瑙。但是，先别急着买，扫货前还有一件重要的事情要办，那就是换钱。

大唐西市就像长安城的 CBD，是当时全世界最大的国际贸易中心，沿着丝绸之路而来的各国客商，在这里留下了各式各样的古钱币。如今的博物馆里，可以见到两千多年前罽宾国的方形银质货币，古印度孔雀王朝的银币，大月氏贵霜帝国的货币，还有东罗马帝国拜占庭时期的金币。

钱币是古代贸易当中的一个重要媒介，也是一种特殊的商品。丝绸之路沿线的各个国家都有自己的货币，这些货币反映了当时东西方贸易的盛况。这些千年前的古钱币如今都是珍宝，但它们在当时的长安城统统不能用，必须换成大唐通用的货币才能交易。外商来到长安,先得换中国的钱,也就是唐朝的开元通宝铜钱。

唐朝初年,为了统一币制,唐高祖下令开铸"开元通宝"。"开元通宝"是唐代的第一种货币,也是唐朝290年历史中主要的流通货币,它影响了中国一千多年的钱币形制,在中国钱币史上有着划时代的意义。

开元通宝是铜制的货币,而西方国家使用的多数是金银币,那么,当时西方的商人们用钱袋子装满金银币来到长安以后,要怎么兑换一串串的大唐铜钱呢?

🐪 开元通宝

开元通宝是唐代的货币。在唐代以前,从秦到隋,货币的度量都以二十四进制为标准。唐代开始采用新的度量衡。开元通宝流通以后,十钱为一两的十进制度量衡由此产生。这种新衡制换算便利,适合当时商品生产和商品交换逐渐扩大的需要。开元通宝的钱文由书法家欧阳询书写,形制沿用秦方孔圆钱。在钱币铸造的形制和重量上,开元通宝成为唐代以后各代铜钱的标准。

在古代贸易中，"贸"和"易"是不一样的。"易"是以货易货，而"贸"是拿钱来交易的。那时候，商人来到这里，要通过当时的柜坊，还有其他公信力比较高的机构来兑换钱币。柜坊可以说是唐代的银行。当时兑换的汇率一直比较稳定，一个开元通宝为一文钱，一千文钱串在一起，称为"一贯"，一贯铜钱能兑换一两白银，十贯可以兑换一两黄金。当时一贯铜板的重量是六斤四两，如果真是腰缠万贯来做生意，那可真的受不了，所以，柜坊最主要的业务还是存款。如果商人想到外地进货，柜坊和一些信贷机构还会提供飞钱业务。飞钱相当于现在的汇票。商人出发前，把钱币存入政府指定的金融机构，取得飞钱的凭证，就可以凭着手上的飞钱直接到异地提货。这些金融机构的出现和业务的创新，是唐代商业空前繁荣的重要标志。

当然，当时的飞钱还飞不到罗马，如果在古罗马消费，开元通宝估计是不能用了。那么，如果我穿越回到古罗马，又该怎么换钱呢？其实很简单，只要有丝绸，就可以直接换来罗马的金币了。丝绸在古

飞钱

代绝不仅仅是商品,还一直是丝绸之路上各国通用的货币。丝绸自发明以后,就开始承担货币的功能,是世界上最古老的货币之一。它不仅比金属货币轻盈,还可以随时成为衣料和商品,而且获得了东西方共同的价值认同,所以在国际贸易当中一直扮演着通货的角色。

那么,当时丝绸的兑换行情怎么样呢?据资料显示,当时一匹丝绸相当于460文铜钱,九匹丝绸就能买到一匹西域好马,30匹丝绸可以换一头波斯骆驼。而到了罗马,丝绸更是与黄金等价,只能用金币来换。可能有人会问,为什么长安以铜币为主,罗马却多用金币呢?主要原因还是唐朝商业发达,钱币流量比较大,所以人们才会选择成本比较低的铜质货币进行流通。

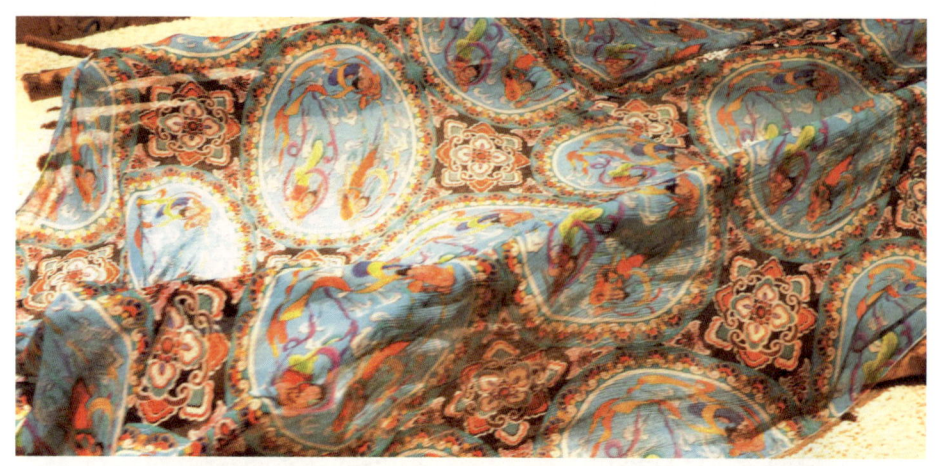

　　不论什么材质的货币，都是人类商业文明最鲜明的标志。这些不同国家的古老货币集聚大唐金市，向我们展示着丝绸之路的商业繁荣。这是东西方之间互利互惠最有价值的见证。

38 商业地产开发

今天的西安城里,市场繁荣。在激烈的竞争中,各种促销手段令人眼花缭乱,五花八门的商业模式不断刷新。但是,这一切真的都是新的吗?我看不见得。

在西安大唐西市博物馆,能够看到一组塑像,表现的是人们拿石头砸一面旗帜的场景。这是一个游戏,游戏的发明人叫窦乂。窦乂是一个很聪明很有智慧的商人,非常了不起。可是,他为什么会发明这样一个游戏呢?

故事发生在唐朝中期的长安。当时的大唐西市店铺林立，商贾云集，这让精明的窦义看到了土地上的商机。虽然财力微薄，但他还是花了三万文钱，买下了西市南边被人废弃的十多亩低洼地。窦义是个很有远见的商人，他发现，在长安，越来越多的外国商人没有地方住，没有地方储存货物，而且商业用地越来越紧张。所以，他买下了这片低洼的烂泥地，想用来建商铺。

当时谁都不看好这个地方。这里坑坑洼洼，还有一片脏水，到处都是芦苇。窦义买了这块洼地以后，想把它填平，但又没有能力，怎么办呢？于是，他开了一家免费的烧饼铺，张贴告示：只要用土块石头砸中洼地中间的旗帜，就能吃到免费的饼。这个消息很快就传遍了整个长安。窦义赠饼并不是白赠的，他竖起了一面很高很远的旗帜，要想砸中它，是非常困难的。砸中的人应该不会太多，不然也许没有那么多的饼。但是，总是有人会砸中的。这件有趣的事口口相传，就产生了一个很大的轰动效应。

窦义当时名气不大，资本也不大，那么，他究竟想要什么？这个饼的效益又是什么呢？窦义想要达到的目的，第一就是表现自己的言而有信，第二就是让越来越多的人对这块地产生兴趣。

很快，扔石头的人越来越多，这块地很快就被石块填满了。随后，窦义在这里盖了20多个商铺，每个商铺前店后坊，还有仓库、马厩。经过巧妙的经营，窦义把这片洼地变成了一个非常繁华的商业区，他也成了一代巨富。由此，窦义也被誉为中国商业地产的第一人。

第四章 | 丝路商贸系列

大唐西市（微缩景观）

195

奥斯蒂亚城海滨市场遗址

窦义买坑的故事让我们看到，早在千年以前，智慧的商人们已经开始在核心商贸区投资土地，开发商业地产，这绝对是丝绸之路成就的新兴产业。

万里之遥的古罗马帝国，同样因为商业的力量，平地建起了一座海滨商城，这座商业之城就是丝绸之路的终点，罗马的门户——奥斯蒂亚。

奥斯蒂亚古城建于公元4世纪，坐落在台伯河的入海口上。这里原本是一个转运货物的港口小镇，随着东西方频繁的贸易往来，这里的土地被大面积地利用开发，一座繁荣的商业城市应运而生。优越的地理位置使这片海滨成了千金一掷的商业宝地。

千年之后，古城只剩下残垣断壁，但基本形态仍然保存完整。通过电脑还原技术，我们可以看到当年这座商城的繁华程度。交错纵横的商业街，林立的商铺，还有多处存货的大型仓库。城中建有非常豪华的大剧院和罗马人最喜欢的大浴场、餐馆酒吧、政府机构、各种神庙配套齐全。能把一个小镇开发到如此程度，绝对超出了我的想象，我想，这就是商业地产的力量。

如今，如果能在西安或罗马的商业区投资一片商铺，那是了不得的事情。千年之前，当商业用地与住宅用地被区分开之后，商业地产的价格就从未停止过疯涨。想看一个城市的商业有多繁荣，就去看它的商业地产的价值吧。

39 丝路商人

陕西历史博物馆里有一座唐三彩塑像,塑造的是丝绸之路上的一个胡商的形象。从面部的惊恐表情来看,他好像遇到了紧急情况,也许是土匪的袭击,也许是沙尘暴的到来。我不知道他最终有没有化险为夷,不过,我自己在多年重走丝绸之路的旅途当中,确实常常会在沙漠中发现白骨。

从长安到罗马的直线距离是 8000 公里,今天坐飞机只需 10 个小时就能完成的旅程,在千年之前,只能依靠徒步,至少需要走上一年。那些无名的商人,冒着生命危险,为我们凿通了这条连接欧亚的商路,为人类文明的发展做出了不可估量的贡献。

商人,在长安和罗马的历史中,一直都不是什么光彩的职业,在中国士、农、工、商的职业排序当中,商人被排在最后。但是,随着东西方商贸的日益繁荣,商人通过自身的努力和奋斗,积累了数量可观的财富,为社会和国家做出了巨大的贡献,这也逐渐提升了他们的社会地位。

第四章 | 丝路商贸系列

长安的商人多数都是坐商,守着西市这个"聚宝盆",坐等各国商人来此批发进货。擅长经营之道的商人们赚了不少钱,这个市场也成就了很多长安富豪,比如初唐时期经营丝绸和酒店生意的长安首富邹凤炽,还有开元年间富可敌国、敢向皇帝炫富的珠宝商王元宝。唐朝末年,这些商业巨富为国家做出了很多义举。

当时有个故事叫"酒胡捐钱"。王酒胡是很大的一个富商。长安城经过了农民起义和战乱，多次被毁，所以城市建设很缺钱。于是，王酒胡就无偿地捐赠他的利润，来为国家建设做善事。王酒胡先后为国家捐了两次钱，第一次是为修复朱雀门捐了三十万贯，后来朝廷下令重修安国寺，皇帝亲自下诏，每捐赠一千贯钱，可登钟楼敲钟一下，王酒胡登上钟楼，竟然连敲了一百下铜钟，浑厚的铜声在长安城中久久地回响。王酒胡两次为国家捐款四十万贯钱的豪爽义举，为我们展现了当时长安富商的情怀和实力。这就是东方商业文化中对义和利的处理，还有古代商人的价值追求。

在丝绸之路上，做倒买倒卖生意的中间商，多数是西域诸国的胡人。这些游商相对比较辛苦，长年奔波，风餐露宿，还要面临路途中的种种风险和考验，所以，我们在唐三彩中看到的胡商形象，一般都是威武雄壮的彪形大汉。他们个个都称得上见多识广，上通天文，下通地理，还要懂得人情世故，遇到紧急情况的时候，必须很快做出反应。有趣的是，很多胡商到了长安以后都不愿意离开，想方设法在西市开店安家。

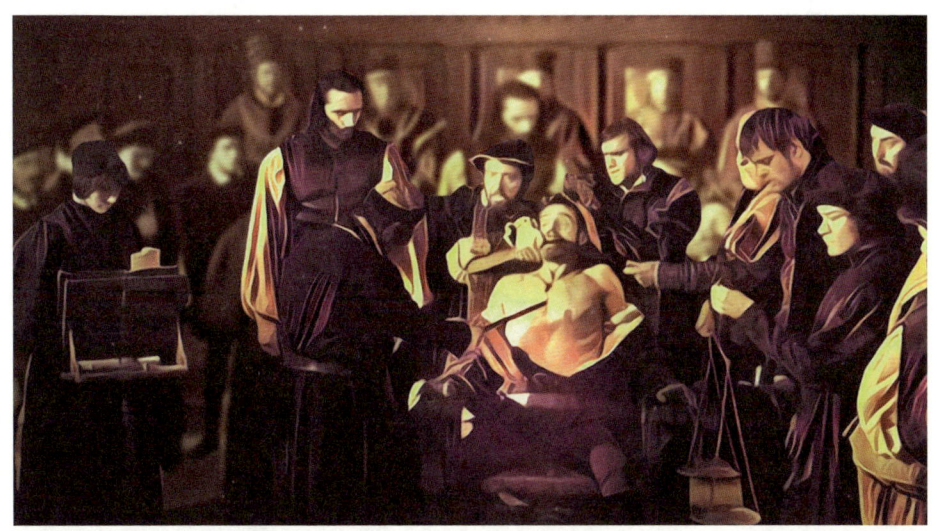
莎士比亚名剧《威尼斯商人》中的片段

到了唐朝中期，在西市落户的胡商竟多达数千人。这些商人也可以说是古代较早的移民。

古罗马最初也是以农业立国的，直到罗马帝国统一地中海以后，随着东西方商路的开通，商贸活动才开始逐渐兴盛起来。古罗马商人的闯劲十足，而且富于冒险精神。他们的航行路线一直延伸到斯里兰卡、越南和中国，这些商人也成为陆上与海上丝绸之路的中坚力量。在古罗马商人的价值观中，诚信是非常重要的，古罗马法中甚至规定，善意和诚信是有效缔结契约的前提，如果因为欺诈行为损害了个人名誉，那就基本不能在商圈里混了。莎士比亚的名剧《威尼斯商人》，就讲述了一个威尼斯商人安东尼奥因为种种原因不能履行契约而险些被割肉的故事，这也从侧面展现了西方国家对于契约精神的一贯重视与坚守。

🐪 马可·波罗

马可·波罗（1254—1324）是意大利旅行家、商人，著有《马可·波罗游记》。他出生于威尼斯的商人家庭，1275年跟随父亲和叔叔前往中国，在中国游历了17年。回到威尼斯之后，马可·波罗口述自己的旅行经历，完成《马可·波罗游记》。这本书曾在欧洲广为流传，对后来新航路的开辟产生了巨大的影响。

当然，我们最熟悉的威尼斯商人还是游历过中国的马可·波罗。这些丝绸之路上的商人更像冒险家，他们为了追求财富，带着好奇心和探险精神，在东西方之间经商游走，最先完成了探索世界的地理大发现。他们义利兼顾，智慧勇敢，就像奋斗的音符，为人类的商业文明谱写了最精彩的乐章。

第四章 丝路商贸系列

40 丝路之舟

今天，有一个词在中国家喻户晓——"快递小哥"。从西安博物馆的唐三彩塑像中，我们可以看到一千多年前丝绸之路上的"快递小哥"长得是什么样子：鹰钩鼻，大胡子，这就是他们的模样。这位来自西域的小哥，使用的交通工具不是摩托车，而是沙漠之舟——骆驼，骆驼身上驮着丝绸、象牙和瓷器，这些物品在当年都是丝绸之路上的抢手货。看着这只骆驼，我产生了一种强烈的好奇。千年之前，庞大的物流货运工作，不会只靠骆驼来完成吧？

今天，我们依托现代的交通工具，物流运输完全不受地域限制，早已实现了全球商贸的互联互通。那么，在没有先进运载工具的古代，丝绸之路上的物流是如何完成的呢？长安的货物又是怎样运到罗马的呢？

🐪 沙漠之舟

汉武帝派张骞出使西域,开辟了著名的丝绸之路。丝绸之路沿途要经过多处沙漠。在交通工具匮乏的年代,骆驼成为这条路上最重要的交通运输工具。骆驼被称为"沙漠之舟",性情温顺,吃苦耐劳,在没有水的条件下可以生存两周,没有食物也可生存一个月之久。唐代墓葬中曾经出土大量的骆驼俑,这些骆驼,或满载货物,或由胡人牵引。这足以看出当时骆驼在丝绸之路上所发挥的无可替代的作用。

答案简单直接,您别不信,还真的就凭那些骆驼。骆驼这种动物,温顺,能够负重,在恶劣的沙漠环境中忍饥耐渴,不畏寒热,生命力极其顽强。陆上丝绸之路中,绝大多数路段都要穿越西北人迹罕至的沙漠戈壁,这种环境中,只有骆驼才能胜任交通工具的角色。大家不要小看这些骆驼,它们的货运能力绝对会吓你一跳。在正常情况下,一头骆驼大概能驮运200公斤重的货物,一个驼队一般有 100 头左右的骆驼,也就是说,一个驼队的载重量可达 20 吨。这些骆驼每天能走六七十公里的路程,一次运输一般长达数月甚至一年。这绝对是慢递,可是在当时,这已经是了不起的运力了。这是千年之前陆上丝绸之路唯一的物流方式,所以,骆驼被称为"沙漠之舟"。

然而,与今天不同的是,丝路上的物流方式并不是直达,而是分站式买卖倒手。驼队穿越沙漠,来到地中海边。到达罗马帝国的疆域后,货物想直通罗马首都,陆路运输就必须转入海路运输。那么,海上运输又是靠什么完成的呢?

在罗马内米船舶博物馆,我看到了古罗马人先进的造船技术。作为海洋民族的古罗马人,造船技术非常发达。这些巨大的龙骨说明,他们能够建造出载重量高达几百吨的大船。一艘大船足以取代几十个驼队,而且海路都是直达,不需要绕路,省时省力。海洋之舟在海上丝绸之路中扛起了无可替代的物流重任。当时,满载货物的商船从古罗马的行省,埃及的亚历山大港出发,只要两三天就可以到达罗马的奥斯蒂亚港。

奥斯蒂亚曾经是非常重要的地中海商业口岸,来自中国的丝绸以及其他商品,就是在这个地方登岸进入罗马的。所以,这里是陆上丝

奥斯蒂亚古城遗址 古罗马浮雕

绸之路和海上丝绸之路重要的交汇点。两千多年前,这里就已经有了完善的物流设施,还有码头、海关以及保护海防的军事要塞。今天的罗马港,就是从当年的奥斯蒂亚港发展而来的。它不仅是地中海上最大的欧洲港口,也是当年丝绸之路的终点。

港口指挥官文森佐·勒奥讷说:"这是古罗马的著名港口,地中海和古罗马时代最重要的港口之一,货物从这里运到罗马和整个意大利中部。这个港口一直发挥着重要的作用,而且它的作用还会越来越重要。"

这就是千年之前丝绸之路上的物流。完成沙漠之舟与海洋之舟的接力,经过黄沙漫布的陆路和惊涛骇浪的水路,长安的货物才能抵达万里之遥的罗马。与今天便捷迅速的全球化物流网络相比,这段路程漫长而又艰辛。这也让我们看到了古人在与世界通商的进程中付出的努力与勇气。不忘来路,我们才会更加珍惜今天的富足生活。

第四章 丝路商贸系列

罗马港

第五章

军事探寻系列

讲述人 李山

李山,北京师范大学文学院教授,曾参加录制央视《百家讲坛》系列节目"春秋五霸""战国七雄",著有《诗经析读》《中国文化概论》等著作。

41　强者之路

秦始皇陵兵马俑被称为世界第八大奇迹。当来自世界各地的人们满怀好奇地来到这里,亲眼见到这些历史奇观的时候,他们最为深刻的感受只有两个字:震撼。

陶俑那一双双怒瞪着的眼睛,已经凝视了两千多年。当我与它们对视的时候,我眼中看到的是来自历史深处的"杀气"。秦汉历史文化是我一直以来研究的重点,但我今天还是第一次有机会走进兵马俑一号坑,身临其境地感受它们。这里屹立着的是秦始皇的军队,他们曾经是大秦军团真正的战士。如此近距离观察的时候,兵马俑身上的一些细节,让我浮想联翩。从兵马俑的造型来看,很明显,他们曾经装备着各式各样的武器。他们拿的是什么武器?他们是怎么打仗的?这些两千多年前的陶俑所代表的,又究竟是一支什么样的军队呢?

第五章 | 军事探寻系列

🐪 **秦始皇陵兵马俑**

兵马俑是中国古代墓葬雕塑的一个类别。秦始皇陵兵马俑位于陕西临潼秦始皇陵东侧的陶俑坑内,总计约八千余个。秦始皇陵建于公元前 246 年至公元前 208 年,是中国第一个大规模的帝王陵寝,兵马俑是附属于陵寝的殉葬品。秦始皇陵兵马俑以秦代军队为题材,这些与真人真马同大的兵马俑组成了强大的秦代军队的阵容,显示了秦王朝国力的兴旺和军阵的雄伟。

虽然秦始皇的大秦军团是当时东方世界最强大的军事力量,但秦国起初却只是偏隅西北的边陲小国。经历了几百年战火的锤炼,他们从春秋战国激烈的厮杀之中脱颖而出。这支被称为虎狼之师的军团曾经征战四方。他们西御戎狄,东

灭六国,南征百越,北拒匈奴。这是一支沉睡了两千年的军队,一支铁军。然而,大秦军团到底有多强大?他们身上究竟藏着什么样的惊天秘密呢?

在这架古代战争机器从长安出发,一统华夏江山的时候,地中海亚平宁半岛上的古罗马人,也在世界的另一端雄霸一方。

如果从历史中搜寻信息的话,我们可以看到,古罗马人早已意识到,他们自己其实并不是那么强悍。他们的智力不如希腊人,体力不如凯尔特人,技术不如伊特鲁里亚人,经济不如迦太基人。可是为什么偏偏就是这样的古罗马人,最终却建立了一个历史长达千年的大帝国?

古罗马人之所以能够雄霸亚、欧、非三大洲,正是因为他们有一支令敌手闻风丧胆的古罗马军团。在罗马图拉真纪功柱上,有一块浮雕,表现的是战斗的场面,可以明显地看出罗马人,还有他们的敌人达契亚人的形象。古罗马军团从不畏惧强者,越是血雨腥风,越是勇往直前。他们骁勇善战,在千年的征途中,从南欧弱旅,成为西方世界的主宰。他

第五章 | 军事探寻系列

们一路披荆斩棘,在征服的道路上可谓战无不胜。那么,他们究竟如何书写自己的历史,又以怎样的赫赫战功成为两千多年来不可磨灭的传奇?

强者并不是天生的,大秦与古罗马在成为古代军事强者的这条道路上,必定留下了远超对手的智慧。而这就是我行走在长安与罗马之间希望探寻的答案。

罗马图拉真纪功柱上的浮雕

让我们一同追问,究竟什么样的道路才是古往今来的强者之路?历史在这儿抛给了我们一个充满悬念的谜团。

第五章 | 军事探寻系列

42 长戈短剑

陕西周至的一间铁匠铺，因为制作各种古代兵器而远近闻名。为了寻找秦军强大的秘密，我来到了这里。故事里常说的刀枪剑戟、斧钺钩叉，在这里应有尽有。明白了我的来意，铁匠师傅说，作为陕西人，他要特意为我打造一把最能代表大秦的武器。铁匠师傅王山说的这件武器叫戈，是根据秦始皇陵兵马俑出土的戈的样子打造出来的。

没错，我要寻找的就是这种曾经在两千年前所向披靡的秦军的长戈。在兵马俑博物馆地下仓库的包装间，我们看到了几件比较珍贵的军事文物，其中就有戈。博物馆工作人员告诉我，这种戈在出土时就十分光亮，经过分析，它的表面有一层铬盐氧化物。

215

秦戈

戈是古代中国特有的一种格斗兵器。在古代，戈和干合称"干戈"，是各种兵器的统称。戈在商代就已经出现，秦代作战时仍在使用。戈受石器时代石镰的启发而产生，可横击，也可用于勾杀。秦戈一般为青铜戈，长戈用于车战，短戈用于步兵。在先秦时代，戈是主要兵器之一，对后来兵器的发展产生了深远的影响，而且，这种影响已经超越了兵器本身，反映在"反戈一击""金戈铁马"等词语上，融入民族文化之中。

用镀铬来形成防锈膜，这项一直被认为是20世纪才有的"高科技"，早在两千多年前就已经被秦人用在了秦戈上。这种技术为我们封存了秦军武器的原貌。这种戈是一种综合性的武器，寒光刺人，非常锋利，可以钩，可以斫，还可以推。

那么，秦人为什么会选择这种兵器呢？有人说，戈就是从镰刀、斧头这样的农具发展而来的兵器，将它固定在长柄上，用它进攻，就像农民使用农具一样简单。对于世代耕种的秦人来说，上手再容易不过了。另外，当时的戈都是用青铜做的。在青铜等价货币的那个年代，做一支戈的花费远远少于刀剑，这样才会大量普及。

第五章 | 军事探寻系列

在战场上，步兵手持长戈，恰似抡起了锄头，重击天降。车兵挥舞长戈，宛如在麦田里收割，横扫千军。当时没有任何其他武器可以像戈一样，既有强大的威力方便使用，又造价低廉利于普及。所以，只有戈才适合装备大秦横扫六国的百万之师，这是两千年前真正当之无愧的致命武器。

应运而生的戈是秦人最得心应手的选择，而在同一历史时期，罗马人也通过一次血的教训，找到了适合他们的武器。

在罗马的角斗士学校，我带大家去看一个秘密。角斗士学校校长塞尔吉奥·拉孔莫尼给我展示了一把罗马短剑。这是非常有名的剑，

罗马短剑

罗马短剑是一种用于单兵格斗的武器，两侧有刃，主要用于刺击，使用非常灵活，主要配合士兵随身携带的盾牌并用。罗马短剑一般长 60 到 80 厘米，宽 5 厘米左右。这种武器的出现与罗马军队的作战思想有关。罗马军团的基本战术是，先向敌人投掷标枪，使敌人阵形散乱，然后手持短剑发起攻击。

叫作"格拉迪乌斯",它很短,也很特别。它的长度大约60厘米,重量差不多1.5公斤左右。

在历史上,罗马人曾经使用过各种武器,可就在他们自以为天下无敌的时候,没料想,却被使用这种短剑的西班牙土著杀了个片甲不留。那么,这种短剑到底厉害在哪儿呢?校长介绍说,这把剑很灵活,可以把敌人拉近自己,再用短兵器杀敌,但自己用剑时,敌人却无法用长兵器来反击。这把剑被罗马人学过来,成了罗马军队近身格斗的有力武器。

这种西班牙土著的短武器,正是罗马军团寻觅已久的克敌法宝。当时欧洲主流的长枪方阵,让古罗马人吃尽了苦头。而经过了在西班牙的失败，他们顿悟了破解之法，那就是接近敌人，以短克长。事实证明，笨重的长武器在近战中完全不敌灵活多变的短剑。当时这种反潮流兵器的出现，对于罗马的敌手们来说是非常致命的威胁。自那时起的千年帝国历史里，这种短剑一直佩戴在古罗马将士的腰间。

古人云："工欲善其事，必先利其器。"只有武器得心应手，才能在战争中发挥自己真正的实力。无论是大秦的长戈还是罗马的短剑，古代东西方战士们都做出了最适合自己的完美选择，这是他们成为战场王者的不二法门。然而，要成就任何一支无敌铁军，只靠一件武器还远远不够。

43　射手的时代

秦始皇陵兵马俑博物馆是中国首批国家一级博物馆。在这里，我找到了大秦军团最强杀伤武器的线索。这个武器就是弩机。弩机的牙可以钩住和放开弓弦，"望山"可以用来瞄准。有了这样的弩机，可以让射程得到保证，射击的准确度也更高。由弓箭发展到弩机，这是中国兵器的独特历史。

最早将弩用于实战，是在中国的春秋战国时期。随着秦国统一天下，秦弩成为博采六国工艺的强弩。它的威力究竟能有多强，至今仍然是个谜。

对于罗马士兵来说，投枪是他们的标配。罗马角斗士学校校长塞尔吉奥·拉孔莫尼介绍说，古罗马投枪只能使用一次。最重要的是，不论投枪是否击中，都会断成两截，敌人就不能再扔回来了。投掷的时候要足够靠后，越用力越好。因为它很重，可以直接穿透盾牌。相传，古罗马的投枪之所以设计成一次性的，正是因为它的杀伤力极大，不能落在敌人手中之后再投回来伤害自己。

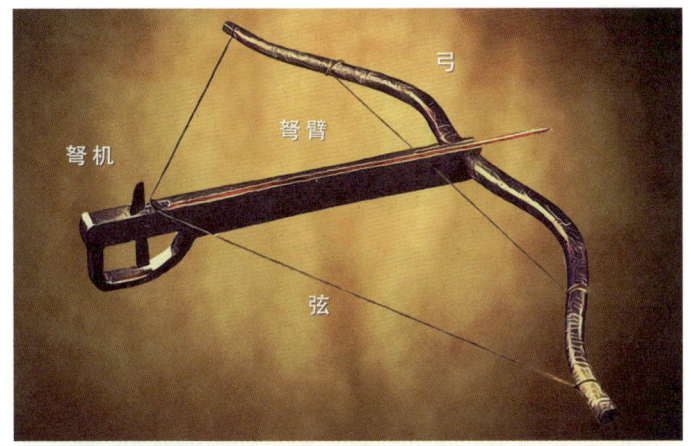

　　冷兵器时代是射手们统治战场的时代，弓弩和投枪代表了两种不同的进攻体系。不必多说，我相信，实践才是检验真理的唯一标准。让我们用真枪实弹来验证这些古代杀器的威力吧。

　　铁匠师傅王山按照秦始皇陵兵马俑出土的弩的资料，用了一个多月的时间复制出来一把秦弩。虽说秦弩的制作工艺并没有确切的史料记载，但是通过几十次的实验，我们今天终于能够亲身体验一把这穿越两千年的实弹射击。我已经迫不及待了。

秦弩

弩是古代的一种远射武器,源于弓,但威力远大于弓。中国最晚在商周时期,就已经出现了弩。春秋战国时期,木弩转变成青铜弩机。秦代的弓弩采用了当时最为坚固的青铜,结构也做了很多改进,发射出的箭镞威力更大,速度更快,射程也更远。秦始皇陵兵马俑坑发现的青铜弩机仍然活动自如,说明秦弩的制作工艺已经达到相当高的水平。

投枪

投枪是投掷出去杀伤敌人的标枪。在古罗马军队中,投枪是广泛使用的武器。罗马投枪长 1.5 至 2 米,一般投掷距离是 30 米左右。这种投枪是为了投掷而设计的,穿透敌人铠甲的同时,细细的铁头会迅速弯曲,既可以加强杀伤效果,又避免敌人投掷回来。后来,投枪的设计进一步改良,铁头投掷出去后,碰到硬物就会折断。这种投枪设计的目的不是为了在远距离杀伤敌人,而是为了破坏敌人的作战队形,为近战创造有利条件。

铁匠师傅说,这个秦弩上面有瞄准器,中间有个槽子,力气小的人是拉不动的。这个弩轻松射穿了两层九合板,而且透过去一寸多。这实际上是十八层的胶合板。古代的铠甲基本上都达不到这个厚度,也没有这个硬度,所以,这个力量绝对够大了。要知道,这样的一击等于是在锋利的箭头上集结了十几吨的力量,那射入的一瞬间,简直可以无视防具,力量是相当大的。不少历史记载中都描述过,秦军之所以能百战百胜,就在于弓强箭快。每到战场,弓弩最先发难,多少六国战士,也许从未见过秦军的模样,就已经命丧秦弩之下了。

我上手试了一下三层的木板,居然射穿了。可见,它的杀伤力真是很大。而且,像我这样的人都可以拿起来就射,这也是它的一个很大的长处,也就是说,它训练起来很简单,一个农民、一个生手,都可以立刻上手,这确实是很厉害的。

不难想象,在两千年前的战场上,秦军面对敌人万箭齐发,那一定是非常恐怖的时刻。而古罗马军团的投枪,威力又会如何呢?在今天的陕西,有人复制了罗马的投枪,我们也可以来试试古罗马投枪的杀伤力。虽然它的射程不如弓弩,但这种重型武器的威力却毫不逊色。投手使出全力时,同样厚实的三层木板,投枪也没有任何犹豫,一击穿透。

投枪是古罗马步兵的标配，他们在近身肉搏之前，都会展开一番扫射，以无法防御的破坏力，最大限度地杀伤敌人。实验用的三层木板，实际上比古代的盾牌还要厚一些。如果被投枪击中，也是可以一击毙命的。

凭借当之无愧的最强杀伤力，冷兵器时代成了射手们主导战场的时代。这两种优秀的远程武器是古代东西方善战之师必备的军事手段。然而，攻守平衡才是兵家之道，这一点他们又是如何做到的呢？

第五章 | 军事探寻系列

44　重装轻甲

古罗马的铠甲我们并不陌生，因为那威武的形象在今天的罗马城里随处可见，这可是意大利人的骄傲。我不禁好奇，古代的铠甲究竟长成什么样子，古罗马军团又为何会做此选择呢？

罗马角斗士学校校长塞尔吉奥·拉孔莫尼介绍说，古罗马士兵使用两种铠甲，一种是锁子甲，这种铠甲很重，大约十公斤。它能防劈砍，但对于防突刺还不够，所以，古罗马人同时也用另一种铠甲，叫作"赛格蒙塔塔"甲。穿上这种铠甲，可以任意活动胳膊，动作很方便，身体也可以灵活运动，特别适合打仗。这样的铁甲，一般的刀剑绝对攻不破，这可是两千年前全世界最好的装甲之一了。这种铠甲相当有分量，而且容易上手。穿好铠甲，手里面拿着盾牌，就可以杀敌了。

在冷兵器时代的战场上，铠甲越是厚重，就意味着防御力越高。古罗马士兵的厚重铠甲在当时绝对是欧洲顶级的。凭借着如此坚实的

外披板甲

内穿锁子甲

225

古罗马锁子甲

防御，古罗马军团面对强敌，却有着远远低于对手的战场伤亡。他们以钢铁之躯赢下众多大仗硬仗。

其实，他们之所以选择这样沉重的铠甲，还有更深层的原因。当时古罗马军团的战斗力虽然很强，但兵力往往不占优势。在旷日持久的征途中，克敌制胜固然重要，但活着回来并为下一场战斗做好准备，才是他们从长计议的战术思考。这样看来，一套重装甲的必要性就不言而喻了。

两千多年前的兵马俑身上也穿着铠甲。据考证，当年的兵马俑都是参照真实物件做出来的。那么真实的秦军铠甲是什么样子的呢？

秦军对于他们的铠甲有着非常独特的思考。我们看到的兵马俑是陪葬品，所以那些铠甲是用石头的方块连制而成的。而实际上，真正的秦军铠甲应该是用皮革做成的。穿戴过古罗马沉重的铁甲后，我觉得秦军这种鱼鳞状的皮甲的确单薄了许多。但越是仔细观察，我似乎越能明白秦军当时的想法。

这个铠甲是用牛皮一扎一扎地排列下来，是一层一层的。我们在生活中有这样的经验，切纸的时候，要把纸按实了以后，才能一刀切开。但是这个铠甲，它的中间有缝隙，有空间，这样的话，它对箭头或者刀剑是有一种瓦解力的。据史料记载，这种铠甲的防御能力并不低，普通的弓箭刀枪很难轻易把它击穿。而且，秦人并不是用不起金属，而是另有战术考虑。

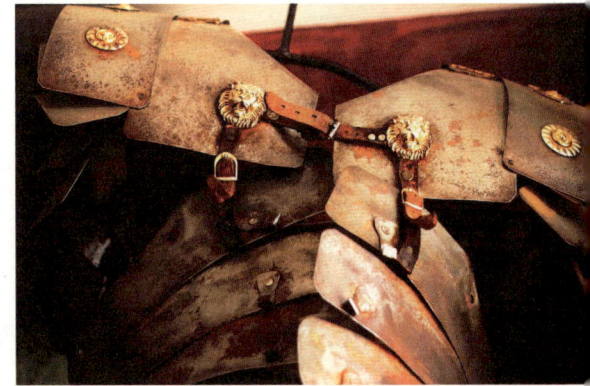

在战场上，穿得像青铜武士一样，实际上是很笨重的。为什么铠甲都是半身？因为如果再长，士兵的活动就很不方便了。秦国铠甲的特征就是相对轻便，士兵穿上以后，既轻巧又便于活动。铠甲是一个防御武器，但是，防御武器如果过于笨重，也会影响进攻。轻便的铠甲方便作战，实际上也是有利于进攻的。兵法讲兵贵神速，在进攻策略上，秦军更是如此。面对数倍于自己的六

🐪 铠甲

铠甲是古代将士穿在身上的防护装具。铠甲起源于原始社会时以藤木、皮革等原料制造的护体装具。在中国的先秦时期,铠甲主要用皮革制造。人们将皮革裁制成形状各异的革片,并将多层皮革合在一起,制成牢固耐用的甲片,然后在片上穿孔,用绳编联成甲。皮甲在车战中与盾相配合,可以有效地防御青铜兵器的攻击。战国后期,锋利的钢铁兵器逐渐用于实战,促使防护装具发生变革,汉代以后,铁铠逐渐取代了皮甲。

国大军，要想逐个击破，最重要的就是速度。这是秦国纵观全局的战术考量。而轻便的铠甲就是先声夺人、速战速决的关键所在。所以，他们是在和时间赛跑。只有轻装上阵，才能真正做到以快制胜，完成属于他们的使命。

两种古代铠甲的巨大差别，让我们窥见东西方不同的战略思想。重装与轻甲，不仅是武器装备的历史，更是强者们适应不同战场需求的智慧，是防护优先的意义，也是速度优先的目的。那么，早已做好准备的他们，又将怎样吹响进军的号角呢？

45 攻守之道

独一无二的秦始皇陵兵马俑以排山倒海的气势著称。可是在我眼中,它的意义却不止于此。可以说,这里隐藏着一个强大军团排兵布阵的奥秘。那么,这些站立了两千多年的秦俑,为什么要用这样的顺序排列呢?

兵马俑博物馆的一个俑坑,纵深长230多米,宽62米,有11到12列纵横排列。从军事角度上来讲,秦军作战纵深的阵势包括远距离、中距离,还有近距离。可以看出,远距离的主要是弓弩手,中距离的士兵在战车的率领下突击,最后由近距离的士兵收割首级。我们知道,这些兵种之间攻击的速度是不一样的,这说明秦军有自己的作战节奏。那么,通过兵马俑的排列顺序,就可以复盘出当年秦军是如何上阵杀敌的。

当秦军刚刚出现在地平线上,第一波漫天的箭雨就已经打得敌人措手不及。接着,不等敌人重整旗鼓,战车部队就会迎面杀来,打开突破口。然后,咆哮着的敢死队马上杀入敌阵,展开肉搏。用不了多久,

第五章 | 军事探寻系列

庞大的步兵方阵随之推进而来，将疲于应战的敌军残兵包围歼灭。可以想象，这个气势是很强大的，可以说代表着战国以来排兵布阵的最高水平。

大秦军阵的特点就是极端强调进攻，以密集的轮番攻势掌握战场的主动权。但是，他们为什么会选择这样一套阵型呢？其实，历史早有答案。秦国当时奉行"远交近攻"的战略方针，面对分则弱合则强的六国之师，他们必须以最快的速度逐个击破，绝不能久战不前，留给敌人联合反击的机会。所以，极端强调进攻的阵法就是大秦帝国能够打破僵局的最佳选择。

🐪 龟甲阵

龟甲阵主要用于古罗马军队中，也称罗马方阵，大约出现于公元前 200 年左右。这种龟甲阵由士兵手持与人同高的方形大盾，集结成一个长方形，四面和顶部都有大盾防御。这种阵型移动速度比较慢，但可以有效防御弓弩等武器。龟甲阵是一种半防御、半进攻的阵型。通过密不透风的阵型将士兵藏于盾牌之后，只在盾牌之间留下小小的空隙，便于长矛穿刺。此外，龟甲阵里的士兵还装备有投枪、长枪、短剑等装备。

同一时期的罗马人又会有怎样的阵法呢？要弄清这样的问题，也许还得从一件防具说起。

当年，罗马人使用的是一种方形盾牌，他们就是拿着这个去战斗的。盾牌是用来防身的，可是如此巨大的盾牌并不多见，那么，它们有什么独特的用法吗？几个意大利小伙子给我们进行了演示。比肩接踵，互相依托，利用巨大的盾牌，组成一座移动的堡垒。小伙子们说，这就是传说中的龟甲阵。那么，在古代战场上，龟甲阵真的管用吗？

第五章 | 军事探寻系列

🐪 秦军方阵

秦代的军事力量非常强大。以秦代军队为题材的秦始皇陵兵马俑,完整地展现了秦军方阵的阵容。前锋为一排战车,其后为三排强弩阵,再其后为两个长矛方阵,每阵后中部有一辆指挥战车,车后为三排强弩阵,其后又是两个长矛阵,再其后为四个游击阵,最后是总指挥车和战将。方阵两翼是骑兵阵,负责突袭,攻击敌阵两翼。方阵中弓弩、步兵、战车和骑兵的分布,构成完整的军阵编制系统。

相传,这种阵型曾经让罗马人的对手非常头疼。龟甲阵做到了全方位防护,不留死角。训练有素的士兵在龟甲阵中,任何时候都不惧怕弓箭刀枪,甚至更有龟甲之上能跑战马的传说。

通过交流,我发现,古罗马军团虽然也是由多兵种组成的,但步兵方阵永远是绝对的主力,最多时,兵力要占总人数的百分之九十以上。当进攻开始的时候,根据作战需要,成百上千的龟甲阵可以组合成不同编队的阵型,以整齐划一的速度稳步推进,向敌人扑去。这种阵法就是先用最大的防御力化解敌人的攻势,再步步紧逼,直到包围歼灭。

这就是龟甲阵。可是，他们为什么会选择这样的阵型呢？我将在古罗马军事百科全书《罗马军制论》中寻找答案。

这本古籍中写着这样一句话："为了保护自己，士兵们把盾牌聚拢在一起。"原来，龟甲阵也是从苦难中磨练出来的。据历史记载，罗马兴起之初，根本无力与强大的敌人对攻，所以只能被动地摆出防守反击的姿态。没想到，这种打法却异常奏效，屡战屡胜。在无数次瓦解敌人进攻的基础上，罗马人最终成为笑到最后的胜利者。可以说，极端强调防御，就是罗马征服西方的强大战术。

攻守之道，变幻莫测。两种截然不同的阵法，是东西方各有所长的军事智慧，也是进攻与防守的战争艺术最为极致的表达。不过，也许一件古代的秘密武器就能够改变这一切。

46 战场与赛场

西安张家坡西周车马坑完整地封存着主导中国古战场的强大力量。这里的遗迹证明着，在秦国之前的一千多年，战车已经成为衡量军事力量的重要标准。那么让我们仔细看看，中国的古代战车到底有什么特点。

西安周秦都城遗址保护管理中心的高健告诉我，这些战车，马的匹数越多，动力也就越大。这里还有很多青铜器具，有挡额头的，从鼻梁上过来，可以固定绳索，更重要的作用可能就是防护，防止被打伤。战车的重量很大，车的宽度差不多有四米，很宽。因为它需要在田野打仗，所以，宽大的轮子更稳当。在路况崎岖不平的时候，战车的大辘轳就像装甲车的履带一样。

如同今天的坦克一样，战车在古代的威力是显而易见的。那么，这个重型武器在千百年前是如何作战的呢？

古代打仗，战车上一般站三个人，中间的人是驾车的，车的左边

秦陵一号铜车马 秦始皇帝陵博物院

往往是一个弓箭手,负责远射,车右是大力士,操一把长矛。所以,中国的战车作战有一个特点,就是《诗经》里说的"左之左之"。也就是说,战车作战的形式,就是在左边的位置设置远射,近距离交战时再向左转,大力士就能拿枪突击,这就算是一个回合。

战车部队展开突击时,不仅可以横冲直撞,瓦解敌阵,更能通过多种手段打击敌人。这种迅雷不及掩耳的重创,是无论多么强大的血肉之躯都无法抵挡的。可以说,战车驰骋疆场的千百年间,它就是横扫敌人的噩梦,更是带来胜利的飞驰的武神。

到了战国时期,中国的战车日渐成熟,甚至有学者认为,正是它强大的威力,加速了秦国统一天下的步伐。古代文献中讲"四牡骙骙""四牡业业",这就是战车的标配。战场中四匹马拉的战车,就是取它的这种冲击力。

秦军战车虽然是木制的,但一辆车也有上吨重。驱动它的强大动力,就源自于中国古人独创的系架法。车的重量被分配在马的肩背部,使其奔跑更加轻松、持久。而当时世界上的其他战车都是将绳索系在马的颈部和胸部,这样马匹会因为呼吸不畅而疲惫,毫无持续性可言。不得不说,成就中国战车不朽地位的,正是古人的智慧。

在东方的战车大杀四方的时候,古罗马人的战车又驶向了何方呢?

罗马马西莫竞技场是古代罗马的赛车竞技场,大概有三个足球场大,当年的地面要比现在平,而且都是砂石铺地,周边地区还能看到古代看台的遗迹。实际上,古罗马战车出现最频繁的地方,就是这样的赛场。在古罗马的历史上,战车几乎不会在实战中使用。为什么东方战场上的王者,在西方却被将士们遗忘了呢?答案也许就在我的脚下。

🐫 秦军战车

战车是古代战争中用于攻守的车辆。在秦代，战车是军队的主要装备，车战也是主要作战方式。秦军战车的基本状况，可以从秦始皇陵兵马俑坑出土的战车中得到准确反映。当时的战车称为"乘"，也就是四匹马拉的战车，车上成员共三人，一人驾车，一人担任弓箭手，负责远程攻击，另一人持戈，负责近战。在那个时代，战车发挥着现代坦克的作用，进攻威力非常强大。

🐫 罗马骑兵

骑兵是指骑马作战的军队或士兵。在古罗马军队中，骑兵是不可缺少的部分。当时的骑兵大队属于真正的作战单位。每个军团的骑兵部队大约有三百人左右，以组建地的名字命名。每支部队都有独立的标志，刻在节杖和盾牌上。罗马骑兵的装备已经制式化，他们身穿铁甲，戴着大型护肩和头盔，骑兵武器是传统的罗马短剑或凯尔特式长剑，挂在身体右侧。此外，骑兵还备有轻质长矛，可投掷，可捅刺。

我在罗马行走过不少地方，无论哪里，大面积的平地都非常少见，几千年来罗马人征战的地中海沿岸更是丘陵密布。在这样颠簸的地形上，用战车作战几乎是不可能的。再看看罗马的战车，小轮窄身，单人乘坐，更多的时候，它只能当作一种高速载具，而无法使用各种攻击手段，难怪只有赛场才最能体现它的价值。

那么，古罗马人就不知道战场上兵贵神速的重要性吗？他们当然知道，正因为如此，他们务实地放弃了战车，而比东方更早地把精力花在发展骑兵上，这才有了后来享誉世界的骑士文化。一人一马、弓箭长枪，不论山林还是丘陵都能如履平地的骑兵，才是属于地中海的战场灵魂。

在古代，并不是某一种武器威力强大，就一定适合运用在任何战场上。因地制宜、合理地选择装备才是上策。从长安的车轮到罗马的铁蹄，历史都会指引着他们向前，那么，在前方等待着他们的，又会是什么呢？

47 热血满腔

我眼前这座建筑是罗马君士坦丁凯旋门。这座历史建筑里边隐含着许多历史的秘密,让我们进来瞧瞧。

按理说,凯旋门上最醒目的位置应该留给伟岸的英雄,但让我惊讶的是,这些塑像的原型并不是英雄,而是俘虏。古罗马人把自己战胜的敌国领袖做成俘虏的形象放在这里,就是在彰显谁才是最伟大的征服者。

试想,凯旋的大军荣归故里,将士们带着战利品,从这座为了迎接他们而建造的宏伟建筑穿过,接受万民景仰和国家的敬意,那会是何等的荣耀啊!而这就是古罗马社会赋予民众的价值导向:罗马的最高荣誉都在战场上。

可以想象,在千百年前,古罗马人想要有好的前程,就必须当兵上战场。他们的未来是用军功换来的。可是,他们立功之后到底能得到些什么呢?

第五章 | 军事探寻系列

罗马皇帝君士坦丁一世（275年2月27日—337年5月22日）雕塑 卡比托利欧博物馆

图拉真市场的古代浮雕告诉我们，那些战士们首先能够得到的，就是财富。法律规定，战士可以按照功劳，瓜分巨额战利品，所以很多人都能通过一场大胜而暴富。在公元前2世纪，马略军事改革后，退伍士兵甚至还能获得一笔退休金和一大块田产，真可以说是超高的福利待遇。

古罗马士兵的"退伍证书"，明确标明他所获得的奖励。

然而，这还不是最诱人的，在古罗马，有了军功还意味着被社会认可。这不仅是走上仕途的硬性

241

罗马凯旋门

凯旋门是古罗马帝王为炫耀战争胜利而修建的纪念性建筑。古罗马帝王在征服一个国家或地区之后,通常要在军队归来必经之路上修建一座凯旋门。这样做的目的,既是为了壮大古罗马军队的声威,也是为了给帝王的战功留下永久的丰碑。凯旋门通常建在城市街道中心或广场上,形似门楼,上面刻有展现统治者战绩的浮雕。这种建筑形式后来为欧洲其他国家所沿用。古罗马时代共有21座凯旋门,如今罗马城中存有三座。

函谷关

条件，而且是步入国家精英阶层的敲门砖。据历史记载，古罗马元老院最多时有半数议员来自荣获军功的军人们。正是因为国家用制度赋予人民充满希望的未来，才成就了古罗马社会上下一心为国征战的高涨热情。再次凝视这座千年的凯旋门，它不再是普通的历史遗迹，而是每一位古罗马战士所向往的精神家园。

在同一时期的秦国，也有一座著名的建筑函谷关，它是秦军出征的起点。在秦统一天下的时候，千军万马正是从这里踏上征服六国的旅程的。但是，谁也没能想到，那支威震四方的虎狼之师，在出关之前根本就不是真正的战士。当时秦国十分弱小，根本没有强大的军队。秦军的那些士兵原来都是世代耕种的农民。这时，一个人的出现改变了大秦帝国和万千百姓的命运。这个人就是商鞅。那么，商鞅究竟为秦国创造了一个怎样的奇迹呢？秘密就在一本书里。

著名的《商君书》里记载了商鞅变法时的一些具体措施，其中一个很重要的内容，就是二十军功爵制，也就是杀多少人头可以获得爵位，而这个爵位就是地位的象征，财富的象征。

《商君书》

《商君书》是战国时期政治家、军事家商鞅的著作汇编,现存 26 篇。作品着重论述以商鞅为代表的革新派在当时的秦国所施行的变法理论和具体措施,是战国时期法家学派的代表作之一。商鞅曾辅佐秦孝公,积极实行变法,使秦国成为富裕强大的国家。《商君书》中提到的很多理论,如重农开荒、重刑厚赏、重战尚武等,后来都成为秦国政治的指导原则。

  后世曾经流传的一首童谣,是对秦国军功制度最好的解读:"杀一敌不为奴,杀十敌田百亩,杀百敌金银宅邑万户侯。"也就是说,只要杀死一个敌人,就可以改变命运,杀得越多,财富和社会地位就越高,真可谓"重赏之下必有勇夫"。

  在两千多年前,广大的东方对当时的秦国将士们而言,不仅仅是山川,也不仅仅是河流。因为他们可以在向东方的厮杀中获得功勋,获得爵位。大秦的"二十军功爵"最大的意义,就是用制度的力量,创造了前所未有的强大战斗力。对于秦国人来说,斩获军功的结果远远大于流血牺牲所付出的代价。战场就是机遇,就是他们改变命运的地方。所以他们就是在用军功铸造自己的未来。

  从长安到罗马,古代军功制度造就了东西方将士同样的满腔热血。它支撑着勇者不惧凶险,也见证着英雄精忠报国。但是,要成为强者,还有一个重要的条件,必不可少。

第五章 | 军事探寻系列

48　条条大道

我们知道，古罗马在历史上一直都是能征惯战的，有的时候，一场战争涉及的人口动辄十几万。那么，这就有一个问题，他们的后勤问题是怎么解决的呢？答案就在罗马的图拉真纪功柱上。

图拉真纪功柱描绘了公元2世纪的达契亚战争。为了这场战争，罗马帝国集结了有史以来最庞大的15万大军。有人计算过，光是第一个月，就需要3975吨粮草和4050吨装备。这场仗足足打了两年，需要的物资真是太多了。虽然强盛的罗马帝国花得起这笔钱，可是，这么多的物资究竟如何抵达战场呢？

图拉真市场工作人员西莫内·帕斯托介绍说，博物馆里的牛车就是从达契亚把战利品送回罗马的工具。这是四轮的、拉辎重的牛车，是从达契亚搜罗的东西。实际上，这辆牛车反映出的就是罗马军事运输的状况。

245

这辆满载战利品回国的车，也正是从罗马押送粮草辎重到前线的车。可以想象，当年使用的这种运输车是不计其数的。然而，有车就得有路，从罗马到达契亚的距离是1500多公里，这个距离才是真正要解决的难题。

看到古罗马人两千多年前修建的阿皮亚古道时，我才真正明白浮雕上那些车辆是如何跨越这段距离的。这条大道在今天还有汽车在来回行驶。当时罗马的大道可以并排行进两驾车。如果细看的话，路上还可以看到从前车辙的印迹。

🐫 阿皮亚古道

阿皮亚古道是古罗马人修建的最著名的军事道路，修建于公元前400年前后。这条路从罗马向东南方向延伸，连接了罗马和它征服的一些地区。道路全长约660公里。阿皮亚古道最初是军队使用的道路，是为了保证军队调遣时能够迅速移动而修建的。道路用泥灰、沙石和石块铺筑而成，牢固坚实，无论什么天气都可以保证道路畅通。后来，这条路被用于商贸往来。如今的阿皮亚古道，靠近罗马市区的一部分依旧车流繁忙。

第五章 | 军事探寻系列

🐫 秦直道

秦直道是秦代修筑的一条交通干道，位于内蒙、甘肃和陕西境内。秦直道始建于秦始皇三十五年（前212）。秦始皇统一六国后，为阻止和防范北方匈奴的侵扰，令大将蒙恬率30万大军，用两年时间修筑了一条长达700多公里的军事通道。这条路南起陕西林光宫，北至今天内蒙包头的九原郡，是从咸阳附近直通北部边疆最便捷的一条大路，因大体南北相直，所以被称为"直道"。

为了经营天下，罗马人是踏踏实实从脚底做起的。罗马的军队有个特点，就是人走到哪儿，路就修到哪儿。这样的古道在今天还能使用，就说明当年造价不菲。为了道路畅通，罗马人还花重金在莱茵河上架起了大桥。虽然这几乎耗尽了当时罗马帝国的全部国力，但历史证明，这样的投入是值得的。再无后顾之忧的古罗马军团以全面胜利赢得了165吨纯金和331吨白银的战利品，还有23万平方公里的富饶土地。完备的补给线成就了古罗马的常胜之师。通过这种大道，我们可以看到罗马人征服天下的脚步。

巧合的是,我曾经在史料上读到过,同一时期的长安也有一条著名的大道,那就是秦直道。这条著名的直道实际上可以说是古代的高速公路。《史记》中对于秦直道的描述,只有"始皇欲游天下"这六个字,然而,它真的就这么简单吗?

陕西咸阳旬邑县秦直道遗址。现在人们能够看到的遗址,实际上就是两个山峰夹着一个通道,已经很难想象它曾经是一条大道了。旬邑县博物馆工作人员何一平告诉我,这条路就在两山之间,那里原来没有那么低,是修路把它挖下去的。

据史料记载,秦直道总长800多公里,30万劳工遇山移山,遇沟填沟,才在千沟万壑的黄土高原,建成了全线笔直的大道,这也正是秦直道名字的由来。

从文献上看,秦直道宽的地方是60米,窄的地方有20米,跑几辆大车都没有问题。要知道,如今双向八车道的高速公路也不过40米宽。秦直道如此的规模绝不可能只是为了皇帝出游。而且,像秦始皇这样

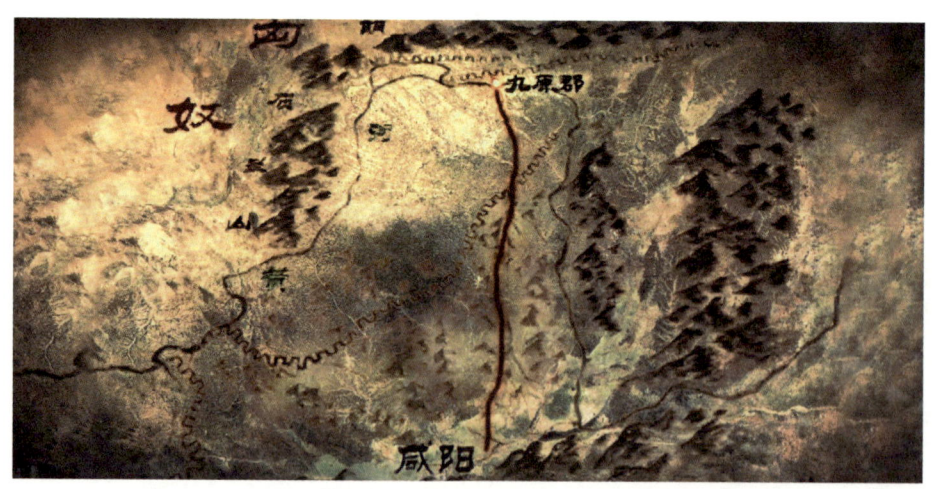

一位雄韬伟略的军事家，修这样一条笔直的大道，肯定还有更具野心的目的。

从旬邑县博物馆复原的部分秦直道来看，这种宽度的马路在当时的全世界都是非常罕见的。要知道，秦直道连接的是咸阳的大后方和河套地区的长城前线，所以，它无疑与军事补给密不可分。这实际上是为了当时北方的战备而修建的，是一条军事大道，大量的军事物资在这条路上可以畅行无阻。

据历史记载，公元前215年秦攻匈奴，公元前127年汉武帝北伐匈奴，这些开疆拓土的大胜，都得益于秦直道强大后勤能力的支撑。虽然两千年前像这样的超级工程花费巨大，但是为了赢得更伟大的胜利，就要舍得下本钱。正是有了这样的大路，才有了中国历史上广阔的西北版图。

条条大路通罗马，长安大道通四方。亲身行走在千年古道上，我更体会到东西方强者们取胜的关键，那就是不打无准备之仗。那么，沿着这条条大路，他们的征途又将去向何方呢？

49 军情速递

两千五百年前,一次长跑造就了如今的马拉松运动和历史上最著名的传令兵。这段历史让我浮想联翩。难道在古代,军事信息真的只能用奔跑来传递吗?古人又有哪些伟大的创举呢?

古罗马人明白,用马拉松式的奔跑来传递情报是远远不够的,所以就有了罗马阿皮亚古道上的白色石头建筑。这个建筑是一个军事要塞,它有一个重要作用,这就是,它是一个驿站。

四通八达的路网可以说是古罗马交通的先天优势,因此,罗马帝国设立了覆盖全国的邮驿系统和专门的传令骑兵。可是,骑马送信好像并没有什么特别的,想知道他们究竟有什么独到之处,我们还得往前走走。

据记载,早在公元前1世纪,古罗马就有了完备的交通制度。从那时起,无数个军事驿站被建立起来。这些驿站紧密地分布在每一条

第五章 | 军事探寻系列

道路上，最大的作用就是配合十万火急的军情，调动快马和骑兵，再通过接力的方式，日夜兼程地传递消息。这已经不是简单的骑马送信，而是一场奔腾的接力赛。最快时，传令兵每天能跑三百公里，在两千年前，这可是世界第一时速，无人能及。然而，战场上的传令兵是个危险的职业，难道古罗马人就不怕军情被截获吗？

据历史记载，古罗马人有一门绝技，那就是恺撒密码表。它的原

传令兵通过驿站接力传递

古罗马军事驿站遗址

烽火台

烽火台又称烽燧,是中国古代以烟火传递消息的高台,是古代重要的军事防御设施。烽火台的建筑早于长城,但在长城出现后,长城沿线的烽火台便与长城结为一体,成为长城防御体系的重要组成部分。古代边防报警有两种信号,遇有敌情发生,白天放烟叫"烽",夜间举火叫"燧"。

理就是，在一个不断变化的规则下，用其他字母替代原本的内容。在今天看来，这似乎很简单，但在当时，只要自己掌握解码规则，那些文字就算是摆在敌人面前，他们也会束手无策。

如果说古罗马人传递军情靠的是技高一筹，那么中国古人的方式绝对可以说是另辟蹊径。

这次探寻，我可没少走路。陕西不像亚平宁，这里的路遇到雨，就会泥泞难行。我想，古人一定会有跟我一样的烦恼。那么，如果没有便捷的道路，要快速传递军情，他们该怎么办呢？

传说周幽王烽火戏诸侯，通过点烟火的方式传信。这个传说里面涉及了一种军事制度，就是用烽火传递信息。

古代中国偌大的疆域上，并没有古罗马那样完善的路网。想要快速传递军情，就需要智慧。虽然用烽火传递信息是没有办法的办法，但是，烽火台也有着无人能及的强大优势。古代没有电子设备，我们的古人想到了一个办法，在山头上建很多烽火台，白天用点烟的方式传信，晚上用点火的方式预警。在这里点烟或者放火，远处都可以看到，这样依例而行，就能接连不断地把消息传到远方。

从春秋战国到近代，烽火台在几千年的时间里都没有消失。随着秦朝修建万里长城，它的身影更是遍布整个边疆。烽火台能够让古人如此仰仗，究竟是什么原因呢？

据史料记载，众多烽火台之间，其实有一套完整的信号系统，古称"传烽法"。不同形状和颜色的烟，明暗变化的火光，都代表着不同的信息。这就相当于千年前的莫尔斯电码，只要自己掌握信号规则，哪怕被敌人看到，也绝不会泄密。而且，用这种方式传递信息，速度是非常快的，可以说比直升机还要快一些。从山川到平原，从边疆到内陆，正是有了烽火台的军情传递，中国古代横跨万里的北方防线，才能连接成步调统一的军事整体，这在世界历史上也实属罕见。

对于古代东西方的强者们来说，正是因为有着行之有效的军情传递系统，他们才能知己知彼，百战不殆，掌握战场的主导权。那么，他们在各自的征途中，究竟又会遇到什么未知的挑战呢？

第五章 | 军事探寻系列

50 崛起之战

罗马最强盛的时候，地中海曾经是罗马帝国的内海。但是在公元前260年那场著名的米拉海战之前，古罗马人甚至都不敢去这么想。因为对于当时的他们来说，这似乎是一场不可能赢的战争。

面对无尽的大海，我会因为自己的渺小而感到茫然。我想，当罗马第一次组建的海军，面对来犯的海上霸主迦太基时，也会感到一种近乎恐惧的茫然。

当时，两军实力相差悬殊。如果把拥有130艘大型战舰的迦太基

古罗马帝国疆域图

迦太基五层桨战船　　罗马三层桨战船

海军比作拳王泰森，那么刚凑齐 100 艘小船的罗马，就像是第一次打拳的菜鸟。所以，迦太基人一上来就发起了总攻，势在必得。

然而，在这片海上，总会有奇迹发生。让人始料未及的是，古罗马海军竟然毫不胆怯，反而像早有准备似的，开足马力向迦太基舰队直冲过去。经过半日的厮杀，古罗马海军首战告捷，并击毁敌舰 50 艘，俘虏 70 艘。这惊天的大逆转，居然真的发生了。难道古罗马人是有天神相助吗？

其实，扭转战局的不过是一件由铁钩和木板组成的简易工具，这件工具，史称"乌鸦吊桥"。古罗马人在当时几乎不懂海战，却拥有强大的陆军。他们全副武装藏在船舱里，等到敌人逼近后，便用吊桥勾住敌船，一涌而出，将海战变成肉搏。瞬时间，只懂得冲撞和对射战术的迦太基海军全面崩溃。古罗马人这种扬长避短的战术，是对手想象不到的噩梦。

第五章 | 军事探寻系列

🐪 乌鸦吊桥

乌鸦吊桥又称接舷吊桥,是罗马海军在战船上所设的一种装置。这种吊桥可以升降,吊桥前端有形似鸟喙的重型铁钉,吊桥下落时,铁钉可以刺入敌船的甲板,使得两船相互固定,从而为罗马士兵进入敌船提供通道。当时的罗马并非海上强国。罗马军队的强项是陆地作战,缺乏海战经验。乌鸦吊桥使罗马海军可以匹敌强大的迦太基海军。利用乌鸦吊桥,罗马人把自己不擅长的海战变成了自己最擅长的陆战,赢得过多次战役。

这场海战成为罗马人争霸西方历史的开端。几乎在同一时代的东方战场上,一座小山头也决定了上百万人的命运。

高平老马岭。在附近的山头中,这个山岭是一个制高点。据《史记》记载,长平之战的前哨战就是在这里发生的。

大秦统一六国的战争，可以说困难重重。公元前262年，一个强大的对手出现了，那就是骁勇善战的赵国。据说，当时在长平总计部署了超过100万的兵力，这大约是秦赵两国总人口的六分之一。对于秦国来说，65万人的大军更是赌上了所有，绝对不容失败。让我们走进古战场，看看当时究竟发生了什么。

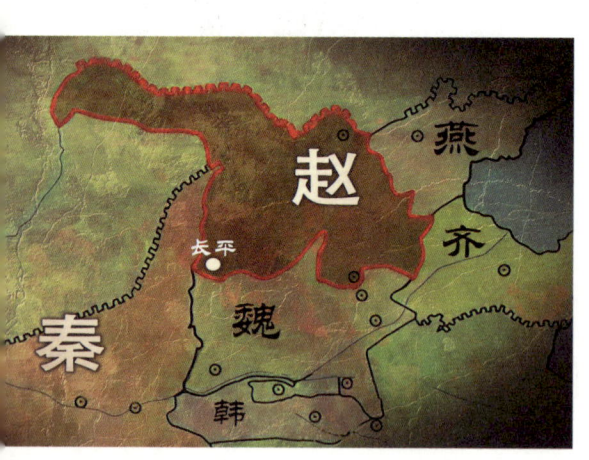

开战的前几个月，双方都没有什么进展，可谁都没有想到，打破僵局的居然会是这样一件事。秦军有一队侦察兵来到老马岭这里，当时的赵军在山头已经修建了军事据点。赵军大概犯了轻敌的毛病，下来与秦国士兵发生了激战。结果没想到，赵军败了，更为严重的是，赵军失去了这个制高点。这样的话，整个军队必须重新部署，由此，赵军变得很被动。秦人足智多谋，他们利用这次小胜，大肆宣扬赵军胆小不敢进攻，这大大刺激了取胜心切的赵王。在他的一再要求下，赵军被迫反守为攻。但他们并不知道，秦军这一招叫作诱敌深入。死神即将降临长平。

长平之战纪念馆贺金忠介绍说，在高平周围，现在还保存着十几个尸骨坑。那些尸骨有的没有下半身，有的显然受过伤。能够看出，当时这里全部都是战场。

长平之战

长平之战是秦国率军在赵国的长平（今山西高平）与赵国军队发生的战争，是秦赵两国之间的战略决战。秦国将领利用赵国将帅急于求胜的弱点，采取佯败诱敌等作战方针，最终获得胜利。长平之战是春秋战国时代规模最大、最为惨烈的一次战争，秦军共歼灭赵军45万人，秦军伤亡也近20万人。经此一战，赵国元气大伤，秦国则加速了统一中国的进程。

面对倾巢而出的赵军，秦军假装溃败，一路诱导敌人进入自己布下的天罗地网。长平之战，大秦军团最终大获全胜。秦人从这里崛起，迈出了统一大业的第一步。

今天，刀光剑影的年代早已远去。古代东西方强者们的军事思想，就像一把坚强的保护伞，庇佑着几千年不断延续的文明血脉。

从长安到罗马，我的探索之旅虽已接近尾声，但也许不久之后，新的旅程又会再次开启。我渴望再次凝视人类古往今来的大历史，因为那里藏着无尽的智慧和传奇。

《从长安到罗马》专家谈

相知无远近，万里尚为邻
用心行走，感受历史长河慢慢流淌
我的音乐之旅
一部"一带一路"题材的精品纪录片
奇妙的旅行
世界的大门
为了更加相爱

《从长安到罗马》：
相知无远近，万里尚为邻

蒙曼

  古人说，读万卷书，行万里路。当年，司马迁若是未曾南登庐山，北至朔方，东下姑苏，西瞻岷山，他的历史认识便不可能如此恢弘通透，他的文章也不可能如此豪宕俊逸，他那彪炳千古的《史记》一定会大打折扣。同样的道理也适用于我们这个《从长安到罗马》摄制组。我们的组员们——有历史学者，有中文教授，有音乐家，有美术家，当然还有导演和摄像，大家虽然在各自的领域都算是术业有专攻，但是，若没有从西安到罗马之间长达6440公里的奔走、对比、思考与讲述，我相信，每个人对丝绸之路的认识，对东西两大文明的认识也都会有所欠缺。至少，对我本人来讲，一定是这样的。

  记得2018年秋季开学，我刚刚从罗马回到北京，给学生讲《中国古代史》的课程。我对他们说，中国的早期文明真"土"，土城，土房子，连我们深以为傲的陶器和瓷器都来自于泥土。与之相比，古罗马就坚硬多了。它的一切都是石头造的，石头的路，石头的宫殿，石头的市场，当然，还有无处不在的石头雕像。几千年过去了，还都硬铮铮地挺立在那里，在保存的完好程度上远强于我国同时代的遗迹。乍一对比，真是惊心动魄。可是，行走了几天之后，我却得出了一个与之相反的结论：古中国文明基本是自身生长出来的，就像水稻和小麦从地里生长出来一样。它生长得不那么快，但是，它的发展可持续。而古罗马文明是打出来的，只要停止战争，停止从世界各地源源不断地输送物资，它的文明就要瓦解。换句话说，我们土，但也韧；他们硬，但也脆，真是各有千秋。我出身于历史系，系统学习过西方古代史，在去罗马之前，还恶补过一段古罗马史，但是，这个结论是我此前在看书的过程中从未真正清晰理解到的。我对学生说，这就是行走的力量。假如你无法身临其境，你其实很难设身处地，而不设身处地，就没有办法真正了解彼此的异同。所以，我想，这部微纪录片的第一个功用其实就是设定一个行走的目标，提起一个行走的兴趣。在行走之中发现，一方水土养一方人，同时也发现，人又有那么大的热情和力量，去亲近彼此，乃至隔山隔水永相望。

然而，组织这么多人力物力去拍摄一部纪录片，毕竟不是为了我们个人的收获。我知道，这部纪录片是要呈现给观众的，而呈现，又是另外一种专业技巧。其中，有一个我刚刚开始的时候感觉非常困扰的字——"微"。我们要拍摄一部"微纪录片"，这个"微"字的具体解释就是5分钟。5分钟一个主题，让我觉得非常不适。在学校上课，我们的节奏是45分钟一节课，在《百家讲坛》讲座，时长是40分钟一集，这都是比较相似的体量。可是这一次，我要在5分钟完成一个主题，而且是非常宏大的主题。比如，古中国和古罗马历法的对比，古中国和古罗马人格追求的差异，等等。我相信，这几乎是学者穷尽一生也研究不透的主题。何况，就这5分钟的时间，我还要行走，还要体验，还要和意大利的专家交流，而且，往往是用英语磕磕绊绊地交流。不止一次，我几乎和导演争吵起来，告诉他，我不同意他的拍摄方法，我们不能把问题这么简单化。但是，等到节目剪辑完成，我倒也释然了。我也罢，我们这个拍摄组也罢，其实是做一个引子，我们真正的功能不是研究，而是引导；不是解释，而是发现。所以，我相信大家已经看出来了，在每一集的每一个主题中，我们都首先行走，在行走中好奇，在好奇后思考，在思考后询问，在询问后，试着给一个初步的回答。我们肯定没有把每一道题都答对，至少没答完整，那么，观众朋友们，为什么您不去试试，接着我们的话题，做出自己的回答呢？我想，这就是这部"微纪录片"的意义，也是它不启用俊男靓女，而是让我们这些不怎么上镜的学者带大家旅行的意义。

拍纪录片是一件复杂的事，但拍摄还不是问题的全部。回来之后，我们还要和导演反复磨合文案，甚至还要为每一句话配音。要知道，在我的印象里，配音是一种相当专业的工作，我们的声音，怎能和专业人士相比呢？但是，在这个问题上，我非常欣赏主创方面的设计，毕竟，我们要的不是完美，而是鲜活。我们是一群鲜活的人，来到了两座充满活力的城市。无论是西安还是罗马，都绽放出让我们啧啧称奇的魅力。我在古罗马的城市广场晒伤了眼睛，药店的老板想尽办法给我介绍不同眼药水的功能；我在西安的大明宫遗址外放了风筝，而那风筝的主人，一位厚道的西安老大爷对我的笨拙真是"哀其不幸，怒其不争"……。那城，那人，那困惑，那感动，那么多真情实感，不就应该用我们真实的声音来表达吗！

几千年前，一群拉着骆驼的人蹒跚着，走出了一条从长安通向罗马的道路，这条路若隐若现，却又始终不绝如缕。今天，这条道路已经成为中西文明交流的康庄大道。我们想和观众朋友一起走在大路上，不是"劝君更尽一杯酒，西出阳关无故人"，而是"相知无远近，万里尚为邻"。

《从长安到罗马》：
用心行走，感受历史长河慢慢流淌

于赓哲

我是纪录片《从长安到罗马》出镜专家之一于赓哲。我所居住的城市西安也就是古代的长安。因此这样的一个纪录片对于我来说简直是感触良多。从地球的这一端来到了地球的那一端，两座城市在历史上曾经通过一条漫长的商贸之路紧紧相连。而现在我们又重新从长安到罗马，是用心将它走了一遍。

罗马我是第一次来，站在罗马的市政厅门前，我抬头远望，能够看见三堵新旧不一的墙一字排开同时出现在视野里，分别是古罗马时代的、文艺复兴时代的和现代的，那一刻似乎时间叠压闪现，像一个珍珠的串链一样，将历史串联，无比美妙，无比悸动，是一辈子难以磨灭的感觉。

古老的国家和民族往往都面临着一个历史与现实如何协调的问题。历史有时候是财富，是精神支柱，但历史有时候也是包袱。罗马的一切令人寻味。在罗马的街头，我看见那些二战时期的遗迹甚至是意大利黑历史的遗迹保留如初。询问意大利人，为什么这些东西还可以保留到现在？意大利人回答说：这就是历史，不管好还是坏，它就是历史。所以我们把它留到了现在，这样一种对待历史的态度，耐人寻味。也许拿得起放得下也是一种对待历史的态度。

走过五月花广场，看着布鲁诺受难的纪念碑，又走到梵蒂冈，看着川流不息各色人种和微笑如花的修女导游，你能感受到意大利对自己的历史的坦然、反思与包容，历史可以给人们提供文化底蕴，但是历史不应该成为人们前进的包袱。意大利人寻求量变，也寻求质变，罗马帝国的兴起、基督教文明的一统、文艺复兴、对教会历史的反思均发生在这里，亚平宁半岛这只靴子在不断攀登，不断"扬弃"，在历史的长河当中找到契合现代社会的积极因素，回头看，但是又不是两步退一步。这也许是意大利人豁达的世界观的展现。

中国与意大利有着同样长久的历史，感受这种文化需要不同的维度。拍摄的过程也是观察的过程，两个古老的国家在历史上曾经只是模糊知道对方的存在，虽然有丝绸之路的串通，但这条商路更多的是辗转的贸易，两国之间缺乏广泛深入的沟通，但是两国在极大的差异之外也有着那么多的共同点，最令人感触的也许就是我所从事的社会生活史，历史深厚的民族似乎都喜欢生活的滋味，都喜欢生活的仪式感：中国人的酒与意大利人的酒、中国人的茶与意大利人的咖啡、中国人的戏曲与意大利人的歌剧、长安的油泼面与意大利面、蹴鞠与足球……

可能时间是两个民族共同的塑造者，古老的民族阅尽人间春色之后，也许最惬意的就是自己与时间之间的消磨。从长安到罗马这个拍摄的过程对我来说也是耳目一新的体验，原因很简单，因为我在大学上课，我也曾经登过电视讲坛，但是像这样的实景的纪录片我也是第一次尝试，而且在这里才能充分领悟到那句话："读万卷书，行万里路"，走到古罗马广场，走到斗兽场，走到万神殿，你才能够由衷地感受到那种摄人心魄的历史现实感；走在大明宫，走在华清池，你才能够切身地感受到那种历史与我们今人的关联。我愿意用我们的脚，用我们的眼去帮助您看着世界。而且这部短小精悍的纪录片也非常适合现代观众的阅读观看习惯，精美华丽、富有知识性，一个个场景就是吉光片羽。喜欢历史，喜欢那种历史长河慢慢流淌的感觉的人，也许最适合走一走"从长安到罗马"这条路。

《从长安到罗马》：我的音乐之旅

田艺苗

当时接到《从长安到罗马》摄制组的邀请，我非常地兴奋，长安和罗马与东西方的音乐文明有着千丝万缕的联系，这次能够有机会实地探访，去深入了解东西方音乐背后的故事，我觉得一定会是一次奇妙的体验。而关于选题，我也开始了思考，鼓乐、秦腔、老腔、编钟——浮现在我的脑海中，这些声音穿越古今，至今仍然撼动着我们的心灵。我心中也产生了一个疑问，是什么赋予了它们延续千年的力量？

带着即将探访古老音乐传承的激动之情，我跟随摄制组来到了西安这座十三朝古都。一踏上这片土地，我就感受到了它的豪迈和厚重，让我对这里的文化和音乐产生了更加浓厚的兴趣。

作为一个南方人，我一直对大西北深沉、高亢的民歌非常好奇，那种豪放粗犷与南方的温柔细腻千差万别。很荣幸这次能够有机会和陕北民歌歌王王向荣老师面对面交流，他为我揭开了陕北民歌的奥秘。一方水土养一方人，黄土地赋予了陕北人淳朴豪爽的性格，他们用歌声传递心底最真挚的情感。在他们的歌声中，我仿佛能看到奔腾的黄河水和苍茫的黄土高原，能感受到农耕文明下人民对美好生活的向往。

西安的鼓乐也让我印象深刻。一直以来，西方的交响乐都备受关注，而在一千多年前的唐代，中国竟也有这样大型的交响乐队。虽然后来宫廷鼓乐不再是主流，但依然在民间流传。这一次在何家营鼓乐社，我看到了唐代流传下来的古谱，可是谱子上记载的内容我完全看不懂，问了才知道，他们是靠着一代代的口传心授,让何家营的音乐流传了一千三百多年。这些地地道道的农民竟然用古老的乐器,演奏出了千年前的交响乐,真是让我大开眼界。

在西安音乐学院,我还看到了各式各样的琵琶,居然还有莲花形状的。据我了解,琵琶源自中东的弹拨乐器乌德琴,在两千多年前经由丝绸之路传入中国。而在丝绸之路另一端的罗马,还有着琵琶的孪生姐妹曼陀铃,我不禁想要一探究竟。来到罗马我发现,虽然曼陀铃的结构、形状和演奏技巧都与琵琶十分相似,但表现风格却截然不同。中国的琵琶,可以用来描述千军万马的战争场面,而意大利的曼陀铃,则多以清脆悦耳的旋律去表现浪漫。丝绸之路将一把古老的乌德琴,传奇般地变成了一对各具魅力的孪生姐妹。尽管相隔万里,但是,这两个不同性格的民族,却能用同一种乐器,讲述各自的故事,在我看来,这就是文明交融的奇迹。

对于罗马,我最深切的感受就是这里真的是音乐的天堂,这里的音乐也带着意大利人骨子里的热情、浪漫。走在罗马的街头,总是能看到热情奔放的街头艺人,用极富感染力的演奏吸引着路人驻足观看,这真是一道美丽的风景。而我也有幸成了风景的一部分,在拿波里的海边,我们载歌载舞,一同演唱拿波里的民歌,那种无拘无束、自由的感觉,真是让我十分难忘。

在罗马国立音乐学院,我见到了毕业于西安音乐学院的聂红梅,二十多年来,她一直在这里学习美声唱法,她的坚持令我动容。她说希望通过系统的训练掌握意大利人发明的科学的发声法,把它带回祖国。我想,正是由于这样一代代音乐人的传承,这种优美的歌唱艺术才能在中国生根发芽,他们是东西方音乐沟通的桥梁。

作为研究古典音乐的人,我对歌剧有很深的感情,通过歌剧,能了解西方的历史、文学和社会风俗。对于能在意大利欣赏原汁原味的歌剧,我非常期待。但让我惊讶的是,在一个普通的小教堂里,居然能欣赏到如此高水平的专业歌剧表演,可见歌剧已经完全融入到了意大利人的生活中。为了探寻歌剧《图兰朵》背后的秘密，我们来到了普契尼的故乡卢卡。没有想到，这部堪称世纪经典的歌剧，居然是从一首中国的民歌小调《茉莉花》发展来的。著名作曲家普契尼无意间听到了八音盒里传来的《茉莉花》旋律，便以此为基础构建了一个西方人想象中的中国传奇故事。一首中国的民歌，居然以这样一种形式在世界的另一端流传，真是不可思议。音乐，不仅仅能用优美的旋律和饱满的情感去打动人心，同时它也是文化交流的桥梁，东西方可以通过音乐来对话，共同谱写包容和谐的篇章。

  这是一次充满感动的旅途，在其中我也有很多新奇的体验。我第一次敲响了编钟，在管风琴上进行了演奏，我还体验了古埙的制作，看到了古老的小提琴的修复，这一切都让我对于音乐有了更深的体悟。东西方的音乐各有各的特点，不同民族的性格让它们有了不同的表达，但他们的音乐中都传递出一种震撼人心的力量，那是时间的积淀，也是文明的交融碰撞中迸溅出的火花。

  很荣幸这一次能够参与微纪录片《从长安到罗马》的拍摄，从长安到罗马，从酷暑到严冬，我深深地感受到了纪录片拍摄的辛苦。实地的走访让我更多地了解了音乐背后的故事，更深地感受到两种文明的传承交流，我迫切地想要把这些感受分享给观众。这次采用的微纪录形式，是对传播音乐文化的一种新的探索，这种形式十分新颖，让观众能够更轻松地感受音乐的魅力，也让我很受启发。在未来的音乐文化传播过程中，这种形式也值得推广。

  这一次的长安罗马之旅让我十分难忘，虽然旅程已经结束，但我们依然可以从音乐中去感受文明交融的力量。

《从长安到罗马》：
一部"一带一路"题材的精品纪录片

何茂春

　　百集微纪录片《从长安到罗马》，是中央广播电视总台与意大利国际合作的一个非常好的典范，具有很高的文化历史价值和艺术性，是一部关于"一带一路"题材的纪录片精品。

　　应当说，自"一带一路"倡议提出以来，在中外媒体合作共同表现"一带一路"文化、历史各个领域的影视项目中，《从长安到罗马》是第一部、也是迄今为止内容和容量最大的一部大型纪录片，中外合作双方都投入了巨大的人力、物力。

　　《从长安到罗马》的策划是非常成功的，从目前来看，"一带一路"倡议提出的六年多来，中国与相关国家共同合作打造东西方文化比较的片子，是一种非常宝贵的探索。这部纪录片的策划角度十分新颖，它超越时空，将不同的文化、不同的社会体制、不同的意识形态、不同的价值体系放在"一带一路"的语境下，用文明互鉴的方式讲述了一个人类历史文化的伟大故事，这是它独特的价值。

　　这部纪录片之所以能够成功，首先应当归功于策划班子高度的思想文化责任感，同时也要归功于非常有战斗力的编导主创团队。在参与拍摄的过程当中，无论是在西安，还是在罗马，我看到了赵伟东导演还有央视的编导们辛勤的劳动和工作，看到了许多令人感动的场景，整个拍摄团队在工作中不分昼夜、不分严寒酷暑，非常投入，他们这种顽强的拼搏精神、精益求精的敬业精神以及团队每个人的牺牲精神，给我留下了很深的印象。

这部鸿篇巨作之所以能够在很短的时间之内顺利完成，得益于领导的高度重视、策划班底严谨求实的工作作风和编导摄制团队的专业能力，拍摄中的每一个细节安排都很到位、各个方面的沟通都非常有效，作为参与策划、参加现场拍摄的受邀专家，我在这里面学到了很多的宝贵知识，受益匪浅。

从我这个跨行业的外行人对这部片子的角度来看，制作一部非常优秀的纪录片，离不开大家的团结和努力，要协调方方面面，对于摄制组和参与专家来说，是一件非常不容易的事情，中外合作更不容易，需要极大的耐心和克服困难的能力。同时，完成这样一个庞大而复杂的项目，需要面对很大的风险和诸多挑战，在策划和拍摄过程中，无论是早期对项目的选题论证方面，还是到后来中国跟意大利的国家合作层面，都出现了一些令人意想不到的重大变化，如何根据形势的变化，迅速及时地做出恰当的调整，对于策划和主创团队来说，都是巨大的挑战。摄制组在这个方面的应变能力、写作能力，以及在很短的时间之内能够出成果的执行能力，都让我感到非常震惊。

在中国摄制团队与意大利团队的合作过程当中，我看到双方反复不断地磨合、互相理解、相互包容，同时也在互相学习和借鉴，这让我十分感慨：不仅在古代，不同文化、文明之间的合作融合不容易，在今天也同样不容易。但是我也看到，只要大家求同存异、互敬互让，任何困难都是能够克服的。这部纪录片的成功又一次证明，世界文明可以走向融合、走向联合，人类的大同和共通是一定能够建立起来的。

纪录片《从长安到罗马》之所以能够获得成功，就是因为大家的精诚合作，这种合作有一个共同的前提，就是大家对这部纪录片的热爱、以及对中外文明共同的探究精神。无论是中国国际电视总公司的老总、制片组，还是团队的策划、编导、摄影、技术，大家都在追求卓越，正是由于整个制作团队锲而不舍、精益求精的工作态度，方方面面默契的配合，才完成了这个看似不可能完成的艰巨任务。

其实，作为一名出镜露脸的专家，在西安拍摄了几天，在罗马拍摄了几天，我个人参与的时间是有限的。不过，就是在这个很短的时间之内，我也感受到了相互配合、相互尊重的重要性。我看到，在我参与的前期拍摄、后期配音的工作中，每一个环节，每一个链条，都离不开各方面的努力和配合。虽然时间短暂，但也让我深受启发，我发现不同的文明就是我们各自不同的行业和职业，我们也要相互尊重、相互学习，只有这样，我们才能够把一件事情在很短的时间之内做得非常完美。

《从长安到罗马》：奇妙的旅行

李 山

有幸参加《从长安到罗马》节目的制作，这是一次奇妙的旅行，奇妙的经历。

在今天，世界这么大想出去转转，不难。可是，这次来往于西安（古长安）和罗马之间，还是难得的奇妙体验。

到西安，总得看兵马俑，可是近距离地看兵马俑，在博物馆的先生的指点下看那些俑上细节；在兵马俑博物馆仓库里看出土的铜戈，两千多年依然锃亮如新，戴着手套还可摸一下，是何等的长知识，何等的难得，何等的运气！

坐老远的飞机到罗马，到斗兽场凯旋门前走走望望，拍几张照片，只要有时间、有心情，对当今的人也不是远不可及吧。可是在图拉真纪功柱下面的博物馆，看馆藏的大柱子上掉落下来的那些石柱，听那里的馆长讲石刻图景的内涵，可就不是找个导游听听他们的解说能比的。这一切都是此次的纪录片制作所赐。

拍摄的第一站是凯旋门。像我们学中国上古文学文献的，难免对世界其他同时代的文化感兴趣，如对古希腊罗马就兴趣颇深，起码关于古罗马的历史，还是看了一些书的。像凯旋门，讲世界建筑史的书一般都会讲。到罗马后，看到有当地出版的《罗马——从古到今》，虽是旅游指南一类，因为没有见过，还是买了。其中就有凯旋门清晰的图片。可是，真的到了康斯坦丁凯旋门下，仰头观望，有些能看出一些眉目，如顶部写着的拉丁文，介绍的书中就有，其大意是：康斯坦丁大帝在神的光照下获得战争胜利。凯旋门是纪功的，与图拉真纪功柱有相似性。中国的古人纪功，不修门，也不竖柱子，往往是铸造铜器，在上面刻写功绩。中西差异，不奇怪。再看凯旋门，位置仅低于那写有颂扬文字的地方,是四根大柱子,柱子之上站立着四位(看不到的两侧还有两位,共六位)美男子的塑像,都是两手交叉,俯身的姿势站在那里。导演问了一句:那些人是谁?是人还是神?是啊,他们是谁?是人,还是神?查新买的资料,没有交代;找网络视频,也无答案。郁闷。

经多方打听,最后找到一位意大利的历史学家。给出的答案是:站在凯旋门顶端的那些美男,是战争中的战俘(应该是被征服地的领袖人物)。啊?原来是这样!那样一个显赫的位置,竟然可以雕塑那些被征服者的形象,真是匪夷所思。而且,那位历史学家还给提供了一些示意图,红绿等不同的图线,显示着康斯坦丁凯旋门各部分。原来这座门的石雕,有的来自图拉真广场,有的来自马克奥里略纪念物,等等,是拆东墙补西墙似地建成的,那示意图就显示的是各部分的来历。谢谢这位罗马的学者!

有一句话说:"地下的文物看陕西。"是的,兵马俑就是最著名的。相对而言,这次去罗马,"地上的"文物多。在斗兽场、凯旋门及其周边,成片的遗址,到处是古老的石头:或整或残的人、神塑像、石墙、石柱等等,横倒竖卧,斑斑驳驳,兀然而在,穿越两千多年的时光,向人们默示自己的历史内涵。另外如阿皮亚大道,两千多年了,还在使用着,拍摄的时候,不时有自行车、小汽车驶过。路面据说是中世纪铺设的,方敦形的砌路石块要比下面罗马时代的石块小不少;有些地方,罗马时代的石头也有露出来的。路边,则是从罗马到中世纪时代的各种墓葬墓碑。罗马军团,是军队也是建筑队,征服到哪里,就修建到哪里。不消说,秦王朝也善于营建,而且多大工程。在陕西旬邑(古称云阳)的秦国直道,因为是劈山填壑造、截弯取直,因为古代中国人特有的自在习惯,是黄土路,今天只有远看方可见其痕迹,附在半山坡的路已经荒芜了。可是,古道旁边的马路,仍然是车快如飞,连接着远方。古老的道路,连接不同的地方,也牵连着千百年的古今。有史书记载说,秦国修建的大道总里数,是不次于古罗马的。在当时,条条大路通罗马,也是条条大路通咸阳的。

在阿皮亚古道拍摄,短暂的空隙,还有野味。有一种生在路边的植物,在罗马的餐馆里可以吃到,叫作花生菜,这种菜在罗马到处都有,休息一下，坐在古道边的石头上，身边到处是花生菜。若不嫌不洗不卫生，拈一片叶子放在嘴里，味道异样的鲜美。当然还得防着点罗马蚊子，好家伙，尖嘴蚊子钉铁牛，它们搞穿越是可以咬透裤子的！

不过，除了古典的遗迹外，罗马也是光景常新的。最动人的，要数那些罗马伞松。这极有姿致的松树，遗址的土坡上，现代的大路旁，到处都有。高矮有别，树皮多呈红色，像国画中未加墨的赭石涂抹出来的。俏丽的是它的树冠，树冠上扬，粗硕的枝条根根透露，整个树冠很像过去若干年流行的女士青年头，关键是这些"发式"都是长在"长颈"上的，飘逸俊雅。一下飞机，就注意到了它们，据说这种树只在罗马生长，所以称罗马伞松。这次我们住在罗马市区北边名叫博尔托的小镇上，是通向北方的要地。住的是家庭旅馆二层，坐在阳台上，正好看院子前方的两棵罗马伞松，相陪相伴，相应相衬，真是一道漂亮的景儿。古老的土地，生机无限。

在离阿皮亚不远的地方有一所罗马角斗学校，地方不大，可是来体验的人不少，我们在那段不长的时间里，就看到有来自美国的小孩子来这里体验。该校的校长接待我们，讲罗马军人的头盔怎么戴，军旗有什么讲究，以及投枪的结构和使用等等。在陕西的周至，终南山脚下的古老村落，也有一个王铁匠，开了一间打制古代兵器的铺子。他还给我们打造了一件铁戈，制作了一架简易的威力不小的弩器。

罗马、陕西，都有人在努力追寻各自的过去，其实是古老文明传统延续的表现。这延续也正是我们这次来往于长安与罗马之间的用意。东西古老文明，在延续中相遇交融，人们的生活会因此而变得更加丰富、有趣。

奇妙的旅行，令人回味。

注：作者文章按纪录片出场顺序排列

世界的大门

桂多·巴罗择提 / 意大利国家电视台主持人

世界应当是这样，一扇门为你打开，另一扇门又在前方招手。每推开一扇门，就是相遇和诉说相遇的时刻。

一天午后，在半圆广场，一位远道而来的东方来宾想要讲述罗马，向世人讲述罗马给世界带来的诸多回忆和美好。在共和国广场上，胜利之鹰苏醒过来，它曾经是统治整个地中海地区帝国的权力象征。在数个世纪中，这个帝国孕育了像神圣罗马帝国这样的普世主义，以及对无上权力的极度渴望。维吉尔的诗篇再度回响。《埃涅阿斯纪》，这部伟大的史诗，记载了罗马最初的统帅及其使命。在特洛伊灭亡之后，埃涅阿斯一路辗转。最终，他在台伯河口靠岸，开启了伟大罗马的序篇。拉丁文学王冠上的诗人交织浮现。卡图卢斯永不满足的爱，奥维德的爱的艺术，贺拉斯的游丝飞絮纷至沓来。那一刻，过往云烟似乎因相遇而重生。深藏在每个人心底的丰富情感，跨越万里之隔，在此刻显露无疑，相互碰撞。

在那样一个午后，一座罗马的广场，点燃了共享与理解的火花。这是文明的火花，超越时空，让我们相知。

为了更加相爱

保罗·卡里诺 / *意大利国家电影学院导演，汉学家*

我并非出生在罗马。30年前，我从意大利南部的那不勒斯来到罗马学习中国语言和文化。对一个外省人来说，罗马犹如月亮，是照亮一生的目的地。在1980年，罗马到西安的距离，就像地球到月球的距离，相距几百万公里。几个月后，我终于如愿以偿来到中国。身为意大利人，我不得不承认，在我心中，天平曾倒向永恒之城。身为20来岁的年轻人，我想，我们属于两个非常遥远的世界，很难在一起。而那时我没有想到的是，我们的先人早在两千年前就认识了，彼此欣赏，而且早就意识到了对方的文治与武功。

回首往事，那位20岁的懵懂小伙仿佛就在昨天，而如今40年过去，已有数以亿计的中国游客来到罗马，踏上古老的街道，欣赏她的壮美。人类能够完成无法想象的事业，科技进步消除了空间的隔阂。如今，我们在这里，向天子的后人讲述罗马，向西塞罗的后裔讲述西安。对我来说，能够参与《从长安到罗马》，就像在中意友谊之路上，铺就另外一块小石头，这是让我们彼此更加相爱的方式。因为，惟有相知，才有真爱。

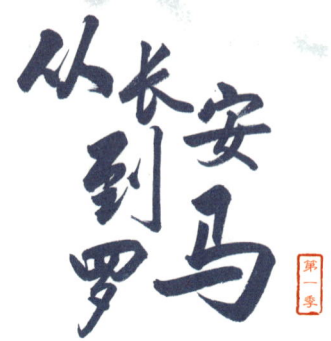

节目主创名单

总策划　慎海雄

出品人　薛继军　张宁

联合出品人　龚宇　惠毅

总监制　阚兆江　唐世鼎

联合总监　王晓晖　王阳

监制　王新建　申家宁　赵和平　解炜

策划　张琳　孙琳　陈潇

编审　王兆楠

总制片人　任海平　刘帆　杨蓓　刘晓林

协调　岳大伟　蔡雪

制片人　华蕾蕾　王晶　吴芬芬　沈亮

学术顾问　杨共乐　李山

总导演　赵伟东

执行总导演　赵晗

意方执行导演　保罗·卡里诺

导演　唐玲　胡培培　赵宁　赵辉　李菲

制片主任　李晶

制片
纪强　李雅珪　范琦　刘晓丹
阮澄芳　何秀英

意方制片外联
聂红梅　安德烈·卡纳帕

摄影
马元辉　何新　杨京生
艾米邋·伽罗

撰稿
三耳　赵伟东　赵晗　唐玲　张长宏

音乐制作　王磊

后期技术　肖洋　赵建敏　马天蒙

责编　胡立艳

总发行
中国广播电影电视节目交易中心

联合出品
中国国际电视总公司
中央广播电视总台社教节目中心
西安广播电视台
北京爱奇艺科技有限公司
北京经典视觉空间文化传媒有限公司

图书在版编目（CIP）数据

从长安到罗马. 第一季 / 中央广播电视总台，中国国际电视总公司编著. -- 北京：五洲传播出版社，2020.6

ISBN 978-7-5085-4443-4

Ⅰ. ①从⋯ Ⅱ. ①中⋯ Ⅲ. ①电视纪录片－解说词－中国－当代 Ⅳ. ① I235.2

中国版本图书馆 CIP 数据核字 (2020) 第 078837 号

从长安到罗马（第一季）

编　　著：	中央广播电视总台 中国国际电视总公司
出 版 人：	荆孝敏
责任编辑：	樊程旭
特约编辑：	宋舒红
装帧设计：	北京紫航文化艺术有限公司
出版发行：	五洲传播出版社
地　　址：	北京市海淀区北三环中路 31 号生产力大楼 B 座 6 层
邮　　编：	100088
发行电话：	010-82005927，010-82007837
网　　址：	http://www.cicc.org.cn，http://www.thatsbooks.com
印　　刷：	北京雅昌艺术印刷有限公司
版　　次：	2020 年 10 月第 1 版第 1 次印刷
开　　本：	16 开
印　　张：	19
字　　数：	150 千
书　　号：	ISBN 978-7-5085-4443-4
定　　价：	68.00 元